特約編輯	王　飆	
責任編輯	張艷玲	
書籍設計	吳冠曼	

書　　名	怎樣讀文學 —— 文學慧悟十八點	
著　　者	劉再復	
出　　版	三聯書店（香港）有限公司	
	香港北角英皇道 499 號北角工業大廈 20 樓	
	Joint Publishing (H.K.) Co., Ltd.	
	20/F., North Point Industrial Building,	
	499 King's Road, North Point, Hong Kong	
香港發行	香港聯合書刊物流有限公司	
	香港新界大埔汀麗路 36 號 3 字樓	
印　　刷	美雅印刷製本有限公司	
	香港九龍觀塘榮業街 6 號 4 樓 A 室	
版　　次	2018 年 1 月香港第一版第一次印刷	
規　　格	大 32 開（132 × 210 mm）224 面	
國際書號	ISBN 978-962-04-4248-3	

怎樣讀文學

——文學慧悟十八點

劉再復 著

喬 敏 整理

香港科技大學人文學部課堂講授稿

目錄

自序

明心見性悟文學

　　香港三聯書店總編輯侯明兄決定出版我的新講座稿《文學慧悟十八點》，並指定張艷玲為責任編輯（《文學常識二十二講》的責任編輯），使我感到衷心的高興。

　　二〇一三年至二〇一四年，我接受香港科技大學人文社會科學院與高等研究院的聘請，擔任客座教授，並開設《文學常識二十二講》課程。去年（二〇一六年）我再次來到科技大學，按照學校的要求，又開設了《文學慧悟十八點》。二者加起來，正好可以呈現我的文學觀。科技大學提供的這個講壇，讓我可以對於文學作一次比較系統的表述，真是難得。我首先要感謝香港科技大學。

　　一九八九年出國，至今已二十八年。在海外我贏

得了「自由時間」、「自由表述」和「完整人格」這三樣東西，還贏得了置身「象牙之塔」中的「沉浸狀態」與「面壁狀態」。有此狀態，我讀書便有心得，思想便有成果。高中時代就開始的文學閱讀在此狀態中得到提升，八十年代形成的文學理念在此狀態中得以充實和擴展。在科技大學課堂裡的講述，實際上得益於北美「象牙塔」中的積累。

出國之後，我遠離了政治，也遠離了社會。不僅離中國很遠，而且離美國也很遠，唯有對於文學全然不同，我覺得自己每一天每一刻都在向文學靠近。雖然我早已不是「文壇中人」，卻始終是「文學中人」。所以，對於文學的一切思索，都不需要去迎合任何文壇的需要，只一心追求文學的真理。這種「單純」，使我講述時總是單刀直入，明心見性，無須任何學術姿態。因此，對於「十八點」中的每個「問題」，我都作了毫不含糊的回答。文學的基點是什麼？是「人性」。文學的難點是什麼？是「建構形式」。文學的優點是什麼？是「最自由」。文學的弱點是什麼？是「最無用」。文學的焦慮點是什麼？是如何「突破自己」。文學的死亡點是什麼？是「組織」，是「計劃」，是「主義」，是「豢養文士」。文學的戒點是什麼？作家應當力戒「平庸」，力戒「矯情」，力戒「迎合」，力戒「媚

態」，力戒「認同」。對每個問題的回答都決斷而明確。但論述時還是心平氣和。總之，自明而不自負，決斷而不武斷。這種風格，也許更有益於年青朋友進入文學和把握文學的脈搏。

《文學常識二十二講》是我前兩年的課堂助教潘淑陽整理的，她此刻已在美國深造。此次《文學慧悟十八點》則是我的新「助教」喬敏整理的。她倆都是劍梅的碩士研究生。我很感謝她的勤奮與認真。整理後打印，打印稿讓我校閱，改動後她又打印。這種「活」實在很累。唯有熱愛文學的真赤子才能如此任勞任怨，所以，我得感謝喬敏。除此之外，我還要特別感謝責任編輯張艷玲，她好學深思，聰慧勤勉，不辭起早摸黑，每天二三十里路，獨自從城內到清水灣（課堂）來聽我的講述，然後和侯明兄商定出書。此次她既是此書的課程見證人，又是責任編輯，我自然是一百個放心。

劉再復

二〇一七年三月三十日

於美國

寫
作
的
關
鍵
點

前兩年我在科大講過「文學常識」，共二十二講。這一次我講述另外一個題目：「文學慧悟十八點」。「慧悟」這個詞，錢鍾書先生很喜歡，他告訴我，這兩個字可以多用。慧悟，就是要用智慧去感悟萬物萬有，包括社會人生與文學藝術。我準備講述的是文學的起點、特點、難點、基點、優點、弱點、戒點、亮點、拐點、盲點、終點、關鍵點、制高點、焦慮點、死亡點、審視點、回歸點、交合點等，講述的方式也是慧悟，用這些文學的「要點」作題目，既可明心見性，又可區別流行的教科書。我的講述包含許多自己的經驗和體悟，算不上研究。正如我對《紅樓夢》的閱讀，不稱作「研究」，即不把《紅樓夢》作為研究對象，只作為感悟對象，所以我寫的書叫作《紅樓夢悟》。

寫作沒有快捷方式，只能靠不斷修煉。每天讀，每天寫，自然就會進步。我的課程，只能是幫助大家理解文學，明白文學究竟是怎麼一回事。有的人搞了一輩子文學，最後還是不知道何為文學。對文學有了一定的理解，寫起文章自然就不同。

在第一堂課裡，先講我們的課堂關係。我與大家的關係不一定叫作「師生關係」。我愛讀《金剛經》。《金剛經》裡面說不要有「壽者相」，那我也不要有「教師相」，只想少些教化腔，多些大實話。之前在《文

學常識二十二講》的開頭，我借《紅樓夢》中的一個詞來界定我與同學們的關係，就是「神瑛侍者」，賈寶玉前世的名字。「神瑛」就是「神花」，「侍者」就是「服務員」，我是你們的服務員。其實，好的老師、好的校長、好的編輯，都是「神瑛侍者」；蔡元培先生就是偉大的「神瑛侍者」。這一次新的課程，我還想用新的詞來界定我們的關係。《西遊記》裡，唐僧、孫悟空一行到西天取經，最後師徒四人有兩人被「封佛」。孫悟空被封為「鬥戰勝佛」，可是他不在乎，只希望能摘掉頭上的緊箍兒，重獲自由。其實不必把「佛」看得太沉重，孔子講的「聖人」、莊子講的「至人」，也是佛。我此次借用「鬥戰勝佛」這個詞，並改動一個字，希望大家能成為「寫戰勝佛」。寫而不鬥，不鬥而勝，戰勝時代的偏見、時代的障礙、時代的病態、時代的潮流，然後成為善於筆下生花的小菩薩。寫作，要克服許多的困難，希望大家無論是學文科的還是學理工科的，最後都能成為「寫戰勝佛」——這是希望，也是祝福！

你們已經自我介紹，那我也自我介紹一下。關於我自己，想講三點。

第一點，我的「生命四季」，春夏秋冬。

我的「生命春季」始於小學時期，到高中畢業時

基本上就結束了。這個時期，是年少單純的綠色，除了瘋狂讀書，什麼也不顧。我在福建國光中學讀高中時，那裡有全省最大的一座中學圖書館，我沉浸於其中。當時愛讀書愛到管理圖書館的老師都感動了，他把圖書館的鑰匙交給我，讓我隨時都可以借閱。讀莎士比亞的三十幾部劇本，讀得很快，最怕的是把它們讀完──這麼精彩的作品，讀完了怎麼辦？少年時記憶好，那時看的莎士比亞的四大悲劇，到現在還是我生命的一個部分，其中的人物情節還時時在我的靈魂裡燃燒。高中一年級時我讀的是泰戈爾、冰心，很單純；二年級時讀莎士比亞、托爾斯泰，開始關注生命的衝突和矛盾；三年級時讀陀思妥耶夫斯基，就進入靈魂更深處。魯迅的小說、高爾基的「三部曲」，讀得更熟。我講這些，是希望大家珍惜所處的生命春季。我在美國跟李澤厚先生散步，他說要給「珍惜」加上一個定語，叫作「時間性珍惜」，意思是說時間很快就會過去，一旦消失就不會再出現。就像我們現在上課，過去了就永遠不會再有。我喜歡「瞬間」和「永恆」這對哲學概念，「永恆」就在「瞬間」當中。人生是很辛苦的，今天上課，很多同學要從很遠的地方趕來，很辛苦，更不用說人的一生了。卡繆說，最大的哲學問題是「人為什麼不自殺」，我們為什麼感

到值得活下去。就因為眷戀一些「美好的瞬間」。比如我今天跟大家相逢，就是一個「美好的瞬間」。日本人很重視「永恆」和「瞬間」的哲學命題。櫻花哲學，便是「永恆」就在「燦爛的瞬間」當中。武士道精神，三島由紀夫寫的作品，都是在講「永恆」與「瞬間」。所以，希望大家珍惜生命的春季，每天都盡可能生長，每天都盡可能讀書、寫作，有所前進。

到了大學，就進入了「春夏之交」，我的心靈開始出現了分裂，那是文學與政治的分裂。開始是小分裂，後來是中分裂，到了「文化大革命」，則是大分裂——外面是兩個「司令部」，我心裡面也是兩個「司令部」。社會太政治化，兩條路線，我不知道該怎麼辦，幸而有文學的積澱。文學救了我。有文學中的人性墊底，我就排除了許多「政治病毒」。文學讓我守住「不可傷害他人」的道德底線。因為有文學的積澱，我終於戰勝了政治的狂熱，沒有墮落。但是，到了一九八九年，我就不只是心靈分裂，而且是心靈「破碎」了。又是文學，讓我的心靈重新恢復了完整。

出國以後，我進入「生命的秋季」。「秋季」最重要的事，是由「熱」轉「冷」，開始冷靜了。我跟高行健先生是最好的朋友，他是「冷文學」的一個代表。他對我說，到了海外，我們兩隻眼睛要分開使用，一

隻眼睛要「看天下」，一隻眼睛要「觀自我」、「觀自在」。高行健的「觀自我」取得了很高的成就，他寫劇本《逃亡》，發現人最難衝破的地獄是「自我的地獄」；他寫《對話與反詰》，寫「夜遊神」，都是對自我的冷觀。在世界文學史上，他創造了一個嶄新的「人與自我」的維度。我和林崗在牛津大學出版社出版的《罪與文學》，也是在觀自我。我們認為，過去所出現的錯誤時代，自己也參與創造了，自己也有一份責任。我寫《紅樓四書》、《雙典批判》，很冷靜。我在美國建造了一座「象牙之塔」。魯迅說要走出「象牙之塔」，要擁抱社會，參加戰鬥，改造中國，拯救民族的危亡，這在當時是對的；可是現在是商品社會、商品時代，商品覆蓋一切，所以我們又需要一座「象牙之塔」。在「象牙塔」中，可以贏得「沉浸」狀態、「面壁」狀態，這樣讀書才有心得。

我現在是「冷藏」在「象牙之塔」裡，進入了「人生的冬季」。如今，我跟松鼠、野兔的關係，已經大於人際關係了。馬克思所講的人「是一切社會關係的總和」，對我來講已經不合適，我更多的是「自然關係的總和」和「個體存在的總和」。個體存在，有生理存在、心理存在、意識存在、潛意識存在、感官存在、精神存在等。《紅樓夢》說「落了片白茫茫大地真

乾淨」，我的內心也很乾淨，該說的話就說，不情願說的話就不說。我說「冷藏」，並不是開玩笑，我的老鄉、明代思想家李卓吾，他寫的書不求發表，自稱「藏書」、「焚書」，這樣才有寫作自由。為了發表而寫作，會受制於報刊。無目的的寫作，就像賈寶玉為寫詩而寫詩，在詩社裡能寫詩他就很高興。他的嫂嫂李紈評詩時說寶玉壓尾，第一名是林黛玉，然後是薛寶釵、探春等人，賈寶玉就開心地鼓掌，連說評得好。可見寶玉不在乎評獎，他是無目的的寫作，這是比較高的境界。把真情實感寫出來，這是我生命冬季的一個特點。

春夏秋冬，生命四季，這是「我的心靈史」。無目的寫作，是我最後的覺悟。有人說我是「紅學家」、「自由主義者」，我非常生氣。我是為寫作而寫作，像高行健說的，「沒有主義」。王強（新東方英語學校前副校長）給我的一本書作序，說我的寫作很像《一千零一夜》裡宰相的女兒（給國王講故事的人），意思是，講述只是為了生命的延續，只是為了自身的需要、生命的需要，沒有外在的功利目的。

第二點，我的人生為什麼感到幸福？因為，有文學陪伴著。

擁有權力、財富、功名等，未必幸福。我的幸福

感不是來自這些外在之物，而是來自文學。文學是什麼？簡單講，能豐富人類心靈的那種審美存在形式就是文學；或者說，文學最大的功能就是豐富人類的心靈。「心靈」是個「情理結構」，「情」是情感，「理」是思想，是對世界、社會、人生的認知。文學能豐富人類的情理結構，能豐富人性。早在三十年前我就如此表述過。上世紀八十年代開全國青聯會的時候，我作為文學界的委員，被我的朋友、中國音樂家協會的副主席施光南邀請去給歌唱家、演員講座，我講的題目就是《什麼是幸福》。幸福，就是對自由的瞬間體驗。現實生活中是沒有自由的，比如沒有情愛的自由，但是通過文學可以實現這份自由。幾千年的世界文明史，人很辛苦，神經之所以沒有斷裂，文學起了很大的作用，讓人在瞬間體驗到自由。比如曹雪芹寫《紅樓夢》，其實他在現實中沒有自由，但通過懷念幾個「閨閣女子」（都是夢中人），他體驗到了瞬間的自由。

　　我的人生之所以感到幸福，是因為文學一直陪伴著我。我從中學時代開始，就有精神上的戀人，我深深地愛上了她們，中國的有林黛玉、晴雯等，西方的有《威尼斯商人》裡的鮑西亞（朱生豪先生的譯本譯為「鮑西霞」）、《奧賽羅》裡的女子黛絲德蒙娜、《羅

密歐與朱麗葉》裡的朱麗葉、《哈姆雷特》裡的歐菲莉亞，還有托爾斯泰筆下的娜塔莎等⋯⋯好多女子都成了我的「心上人」，我從少年時代就愛她們，直到現在。文學進入我的心靈，成為我心中永遠的「戀人」，我總是和她們一起憂傷，一起歡樂，一起訴說，這是非常幸福的。夏志清先生批評我把小女兒送去讀計算機科學，認為是一大錯誤，我認為很有道理。從事文學的一大好處，是讓我們永遠生活在心愛的崗位上，而且總是感到心靈很充實，很踏實，很豐富 —— 這是莊子所說的「至樂」。

第三點，對於一個從事文學的人來說，最重要的是什麼？

三十年前，我和李澤厚先生有一個對話，我們提出的一個觀點是：勸作家不要多讀理論。李澤厚先生提出了一個理由，說如果太重理念，可能會讓理論篩選掉最生動的感性內容，寫出來的作品會概念化；我的解釋是，我們的理論不是一般的理論，而是「反理論」，反教條，反固定化模式。講理論，只是為了幫助大家從教條中解放出來。我這次講的每一課，都是希望幫大家從理論的老套中解脫出來。我跟高行健先生聊天時說，我們要走出老框架、老題目、老寫法，不要講老話、套話，要講新話，講別人說不出來

的話。德國最偉大的哲學家康德，說天才只遵循「無法之法」。佛家關於「法」有近百種解釋，我們一般解釋成「規則」。寫文章沒有什麼固定的規則，可以寫千種萬種。我寫散文詩，從不遵循權威們規定的三五百字的法則，偏寫三五萬字的散文詩。我寫過兩千多段悟語，零零碎碎的，刻意打破體系，沒想到杜格拉斯就提倡「碎片式」的寫作。

法國著名作家羅曼·羅蘭說，他的課堂不是要教學生如何當作家，而是要教他們放開思維。我的意思也是如此。我認為，對於作家，最重要的不是文學理論，而是「文學狀態」。閻連科帶著中國人民大學寫作班的十三個學生來落基山脈看我和李澤厚時，我講到了這一點。什麼是「文學狀態」？我在評述高行健時說，「文學狀態」一定是非功利、非功名、非集團、非主義、非市場的狀態。香港中文大學的校長金耀基先生說，我用「文學狀態」四個字來評論高行健先生，是「一字千鈞」。這雖是鼓勵我的溢美之詞，但說明他深知「文學狀態」格外重要。另外，「文學狀態」還是孤獨的狀態、孤絕的狀態、寂寞的狀態。要抵達陶淵明的那種寫作狀態是不容易的，一要耐得住清貧，二要耐得住寂寞。

「文學狀態」還可以從各種角度描述，我多次用

「渾沌」狀態表達。《莊子》裡的一個寓言:

> 南海之帝為倏,北海之帝為忽,中央之帝為渾沌。倏與忽時相與遇於渾沌之地,渾沌待之甚善。倏與忽謀報渾沌之德,曰:「人皆有七竅,以視聽食息,此獨無有,嘗試鑿之。」日鑿一竅,七日而渾沌死。
>
> ——《莊子·應帝王》

這是說,人的「渾沌」狀態,是對某些東西永遠不開竅,比如對金錢、權力、功名不開竅,不知道輸贏,不知道成敗,不知道功過,不知道得失,便是這種狀態。賈寶玉沒有世俗的生存技能,不懂得仇恨,不懂得嫉妒,不懂得算計,不懂得報復,也是「文學狀態」。把得失、功利全都放下,才能有「文學狀態」。禪宗講「本來無一物」,王陽明講心學,也屬於「文學狀態」。我們的課程,就是要引導同學們進入「文學狀態」。擁有這種心靈狀態,是文學的關鍵點。

文學的起點

一・有「感」而發

關於文學的起源，我在《文學常識二十二講》的「文學的初衷」一節已經講過一些，大家可以參考。但在這堂課裡，我不重複自己，希望將「文學的起點」講得更透徹。

文學究竟是如何起源的？有人持「遊戲」說；有人持「勞動」說；有人持「模仿」說；有人持「宗教」（巫術）說。這些不同說法都是常識，大家應該有所了解。但是今天，我要講的是「寫作的起點」，就講一個關鍵詞──「感」。

前幾天，有朋友為我慶祝生日，我想到一個字，就是「感」字。除了感謝之外，還想送給同學們一個詞組──「有感而發」，記住寫作應當「有感而發」，而不是「有用而發」、「有利而發」或「有求而發」。既不是為應酬或其他功利目的而發，也不是「遵命」、「奉命」而發。

從事自然科學的朋友，常常探討一個問題：宇宙是怎樣產生的？它的第一推動力是什麼？而我們從事文學的，思考的問題則是：文學的第一推動力是什麼？我認為，動力就是「感」字。有感而發──寫作最怕無病呻吟，最怕矯情與裝腔作勢。

魯迅在《答北斗雜誌社問 —— 創作要怎樣才會好》中作了八條提示：

一，留心各樣的事情，多看看，不看到一點就寫。

二，寫不出的時候不硬寫。

三，模特兒不用一個一定的人，看得多了，湊合起來的。

四，寫完後至少看兩遍，竭力將可有可無的字，句，段刪去，毫不可惜。寧可將可作小說的材料縮成 Sketch，決不將 Sketch 材料拉成小說。

五，看外國的短篇小說，幾乎全是東歐及北歐作品，也看日本作品。

六，不生造除自己之外，誰也不懂的形容詞之類。

七，不相信「小說作法」之類的話。

八，不相信中國的所謂「批評家」之類的話，而看看可靠的外國批評家的評論。

請大家特別注意一下他說的第二條：「寫不出的時候不硬寫。」

二‧寫作起點的三個要領

　　寫作起點的第一要領是有感而發，無感不發，寫不出的時候不硬寫。然而，還要注意「感」很豐富複雜，它是一個系統。「感」，有感覺、感觸、感知、感悟、感傷、感慨、感歎、感憤、感激等等，漢語詞彙太豐富，反過來說則有美感、丑感、惡感、樂感、恥感、苦感、罪感、悲感、喜感、傷感、羞感、痛感、快感、悲壯感、恐懼感、安定感、滿足感、失落感、成就感、危機感、痛心感、惋惜感、幸運感、幸福感、挫折感、失敗感、勝利感、孤獨感、寂寞感、窒息感等。魯迅詩云「塵海蒼茫沉百感」，意思是說，「感」有千種萬種，每個人每天都會有所感。總之，有感即發，無感不發。魯迅說「不硬寫」，硬寫便是無感而發，無病呻吟。但作家的長處是敏感，而且善於捕捉各種感覺。作家的功夫，首先是「感受」和「捕捉」的功夫，然後才是「表述」的功夫。

　　好作家一定要當「捕捉感覺」的能手。莫言在《透明的紅蘿蔔》裡，把燒紅的鐵塊比喻成透明的紅蘿蔔，這是多麼通透的感覺！作品中的小男孩有「內心感覺器」。作家就得擁有這種「內心感覺器」，要善於捕捉感覺，呈現感覺。

作家除了感覺之外，還要善於認知，即對世界、社會、人生擁有自己的認知。這樣，「感」和「知」就結合起來，這便是「感知」。關於感知，我在《論文學的主體性》裡講到人有三個主體，即認知主體、情感主體和操作主體。一般說來，詩人的情感主體比較發達，學者的認知主體比較發達，可是二者的操作主體都可能很弱。

作家，除了善於感覺、感知之外，還應當善於感悟。每寫一篇詩歌、散文、小說，都要有所悟，悟出一些他人未悟到的東西。所以寫作可以說是要有感而發，也可以說是要有悟而發 —— 悟到一個別人沒想到、沒說過的道理和意象，便是有所發現。悟是「直覺」，明心見性，擊中要害。寫散文更需要悟。

第二要領是，感一定是真情實感。是實感而非妄感，是具體感而非抽象感。小說可以虛構，但是不可虛假。小說的真實，不是真人真事，但應當是真情真性。

第三要領是，感必須是個性之感。同樣是傷感，林黛玉的《葬花吟》與賈寶玉的《芙蓉女兒誄》就大不相同 —— 前者傷自己，後者傷知己；同樣是憂煩感，林黛玉的夢和安娜·卡列尼娜的夢也很不相同。這是感覺的不同。寫出個性，寫出異點，「感」才精

彩。這需要感受（靠體驗）、捕捉（靠敏銳）、表述（靠才華）。從根本上說，靠修煉，千遍萬遍地修煉。孜孜以修，矻矻以煉。是感，也是修。讀書破萬卷，下筆如有神。讀是修，記是修，想是修，寫是修。煉也是修，煉筆、煉腦、煉心。外修與內修，齊頭並進。

三・高級感覺與低級感覺

「感」雖有千種萬種，但必須分清的是以下幾種不同的「感」。

首先，美感與快感不同。文學講的是美感，不是快感。康德的哲學裡講到美感和快感的區別：快感是愉快（生理層面）在先，判斷（心理層面）在後。但人首先是心理存在而不是生理存在，文學重在書寫心理活動。我們要分清：由愉快而判斷對象為美的，是一種生理快感；由人的各種心理功能綜合運動而判斷對象為美的，是心理快感。

第二，要區分低級感覺與高級感覺。生理快感屬於低級感覺，美感屬於高級感覺。李澤厚在《美的歷程》中有一章專門講述蘇東坡的意義，寫得極好：

蘇軾詩文中所表達出來的這種「退隱」心緒，

已不只是對政治的退避，而是一種對社會的退避；它不是對政治殺戮的恐懼哀傷，已不是「一為黃雀哀，淚下誰能禁」（阮籍），「榮華誠足貴，亦復可憐傷」（陶潛）那種具體的政治哀傷（儘管蘇也有這種哀傷），而是對整個人生、世上的紛紛擾擾究竟有何目的和意義這個根本問題的懷疑、厭倦和企求解脫與捨棄。這當然比前者又要深刻一層了。前者（對政治的退避）是可能做到的，後者（對社會的退避）實際上是不可能做到的，除了出家做和尚。……這便成了一種無法解脫而又要求解脫的對整個人生的厭倦和感傷。……這種整個人生空漠之感，這種對整個存在、宇宙、人生、社會的懷疑、厭倦、無所希冀、無所寄託的深沉喟歎，儘管不是那麼非常自覺，卻是蘇軾最早在文藝領域中把它充分透露出來的。

李澤厚先生道破了蘇軾的「人生空漠感」，這就是高級感覺。我們的寫作課，就是培養文學高級感覺的課程。孤獨感、寂寞感、空漠感，都是高級感覺。我剛到美國時，非常孤獨和寂寞，不僅有孤獨感，還有「窒息感」，好像要在大海中沉淪，非常痛苦。現在則產生了一種「佔有孤獨」的快樂感。無論是這種

窒息感還是快樂感，都是高級感覺。人有孤獨感，心靈才會生長。現在我的孤獨感，又提升為一種滄桑感、蒼茫感。在美國落基山下，念著陳子昂寫的「念天地之悠悠，獨愴然而涕下」，就深深地理解和感受到詩人的那種蒼茫感。滄桑感和蒼茫感也是高級感覺。

在《紅樓夢》裡，我從林黛玉的《葬花吟》裡也讀到了很多「感」：

花謝花飛花滿天，紅消香斷有誰憐？

游絲軟繫飄春榭，落絮輕沾撲繡簾。

閨中女兒惜春暮，愁緒滿懷無釋處，

手把花鋤出繡閨，忍踏落花來復去。

柳絲榆莢自芳菲，不管桃飄與李飛。

桃李明年能再發，明年閨中知有誰？

三月香巢已壘成，梁間燕子太無情！

明年花發雖可啄，卻不道人去梁空巢也傾。

一年三百六十日，風刀霜劍嚴相逼，

明媚鮮妍能幾時，一朝漂泊難尋覓。

花開易見落難尋，階前愁殺葬花人，

獨倚花鋤淚暗灑，灑上空枝見血痕。

杜鵑無語正黃昏，荷鋤歸去掩重門。

青燈照壁人初睡，冷雨敲窗被未溫。

怪奴底事倍傷神，半為憐春半惱春：

憐春忽至惱忽去，至又無言去不聞。

昨宵庭外悲歌發，知是花魂與鳥魂？

花魂鳥魂總難留，鳥自無言花自羞。

願奴脅下生雙翼，隨花飛到天盡頭。

天盡頭，何處有香丘？

未若錦囊收艷骨，一抔淨土掩風流。

質本潔來還潔去，強於污淖陷渠溝。

爾今死去儂收葬，未卜儂身何日喪？

儂今葬花人笑癡，他年葬儂知是誰？

試看春殘花漸落，便是紅顏老死時。

一朝春盡紅顏老，花落人亡兩不知！

　　這首詩裡的感覺多麼豐富！值得我們閱讀一百遍，品賞一百遍。首先是傷感（傷逝、傷秋、傷己），悲感（悲秋、悲己、悲憫），愁感（愁緒、愁情、惆悵）；第二層我們可讀出無依感、無助感、無常感、無力感，甚至死亡感；此外，我們還可感受到蒼茫感、空漠感、空寂感、漂泊感、滄桑感、孤獨感、空無感、無望感、無著落感、委屈感、無歸宿感、無知音感、自憐感、羞澀感、珍惜感、黃昏感等。這首《葬花吟》是高級感覺的集大成者，愈讀愈有味。

第三，要區分朦朧感與明晰感。能抓住朦朧感，才是好作家，比如張潔的《拾麥穗》，很少有人注意到她的這篇短篇小說，其中「感」的朦朧就寫得十分準確、感人。張潔在作品裡寫到一個拾麥穗的小姑娘，長相比較醜，沒有什麼人疼愛。但是，這個孤獨的小姑娘得到了賣灶糖老漢的關愛，經常從老漢那裡得到糖吃，收穫一點「甜蜜」，所以她對老漢產生了一種朦朧的好感，一種很難界定的感情。比如她寫道：

　　二姨賊眉賊眼地笑了，還向圍在我們周圍的姑娘、婆姨們眨了眨她那雙不大的眼睛：「你要嫁誰嘛？」

　　是呀，我要嫁誰呢？我忽然想起那個賣灶糖的老漢。我說：「我要嫁那個賣灶糖的老漢！」

　　她們全都放聲大笑，像一群鴨子一樣嘎嘎地叫著。笑啥嘛！我生氣了。難道做我的男人，他有什麼不體面的地方嗎？

　　賣灶糖的老漢有多大年紀了？我不知道。他臉上的皺紋一道挨著一道，順著眉毛彎向兩個太陽穴，又順著腮幫彎向嘴角。那些皺紋，給他的臉上增添了許多慈祥的笑意。當他挑著擔子趕路的時

候，他那剃得像半個葫蘆樣的後腦勺上的長長的白髮，便隨著顫悠悠的扁擔一同忽閃著。

我的話，很快就傳進了他的耳朵。

那天，他挑著擔子來到我們村，見到我就樂了。說：「娃呀，你要給我做媳婦嗎？」

「對呀！」

他張著大嘴笑了，露出了一嘴的黃牙。他那長在半個葫蘆樣的頭上的白髮，也隨著笑聲一齊抖動著。

「你為啥要給我做媳婦呢？」

「我要天天吃灶糖哩！」

小姑娘和老漢之間並不是世俗眼中的「愛情」、「戀情」等，是一種說不清的朦朧的快樂、依戀、思念、惆悵。人類的感覺非常豐富也非常細微，寫文章就要抓住這種細微、朦朧、模糊的感覺。人文科學是很明晰的，比如我寫《告別革命》，知道立論要鮮明，判斷要確定；但寫散文詩時思緒卻很朦朧。上世紀七十年代末很多人寫的詩，也被稱作「朦朧詩」。我們要學會區分明晰與朦朧這兩種感覺。特別要善於捕捉朦朧感覺。什麼都想得太明確、太固定，反而寫不好。

四・美感心理數學方程式

最後我要談的是李澤厚先生的發明 —— 審美的數學方程式。這一方程式是由感知、想像、理解、情感四個要素不斷變化組合的方程式。這四個要素在作品中所佔的比例各不相同,有的作品側重於感知,有的作品側重於想像,有的作品側重於理解,有的作品則側重於情感。比如,魯迅先生的雜文大多側重於理解;中國古代的很多詩歌側重於抒情,即「情感」要素佔主導;而李白的詩歌,則側重於「想像」。我們可以用李澤厚的這個審美的數學方程式分析很多作品。

我一直在比較中國的四大名著 ——《水滸傳》、《三國演義》與《西遊記》、《紅樓夢》。在審美形式和藝術層面上,前兩部作品也有很高的成就,比如《水滸傳》寫一百零八個人的不同個性,《三國演義》寫戰爭場面、勾心鬥角等;但是從精神內涵層面看,《西遊記》和《紅樓夢》是兩部好書,《水滸傳》和《三國演義》則是兩部壞書,我寫了一本《雙典批判》批判這兩本書。這是我對四大名著的「理解」,但始於「感知」,始於我閱讀時的審美感覺。對於四大名著的「理解」不能只從藝術形式上看,還要從精神內涵上去把握。審美判斷包括精神內涵上的判斷。而我這些不同

於別人的判斷，也都起源於感覺。我講這些，是說審美數學方程式，可用於創作，也可用於欣賞（批評）。

多年前，我國著名的當代作家韓少功先生到美國訪問，也來到我家和我所在的學校（科羅拉多大學）。他演講的題目叫作《感覺殘廢》。他說，對於作家來說，最寶貴的是擁有一種敏銳的感覺。可是，現在許多作家患上了「感覺殘廢」的可怕病症，對一切怪事均麻木不仁。我聽了之後，感觸很深，特以「感覺殘廢」為題寫了一篇短文，說作家手殘腳殘不要緊，千萬不可「感覺殘廢」。感覺一旦殘廢，寫作便無從起步。起點沒有了，那還侈談什麼寫作？作家最值得驕傲的是，他們永遠懷有一顆好奇心，對於世上萬物萬有，總是有一種比常人更為敏銳的感覺。「多愁善感」對於詩人而言，永遠是必要的。

文學的特點

這一堂課，我講的是文學的特點。在《文學常識二十二講》裡有一節「什麼不是文學」，已經提到了文學與科學、哲學、史學等的區別，這一課打算講得更深入一些。要講明文學的特點，必須仰仗參照系。

一・文學與科學的區分

第一個參照系，是科學。《文學常識二十二講》第三講裡說：

> 文學與科學全然不同。文學充滿情感，科學卻揚棄情感；文學沒有邏輯，科學卻充滿邏輯；文學把自然人性化，即把無情變成有情，而科學卻把人性自然化（客體化），即把有情變成無情等。二零一二年，我到澳門參觀人體解剖展覽，看到人的心臟和各種內臟，包括骨骼與筋脈，那是科學展覽；而文學卻展示看不見的心靈和各種心理活動與情感體系。在參觀之後，我體悟到：心臟不是文學，心靈才是文學；骨骼不是文學，風骨才是文學；膽汁不是文學，膽氣才是文學。

如果有人問：科學、哲學、文學三者之間的區別

是什麼？我可以簡要回答為：科學講心臟，哲學講心性，文學講心靈。人是「身」、「心」、「靈」三位一體的生命。心性在身與心之間，心靈在心與靈之間。而同樣講「心」，弗洛伊德講的是靜態「心理解剖學」（本我、自我、超我），屬於科學層面；高行健講的是「心靈解脫學」，即自我三主體（你、我、他），關注的是文學內在的互動的語際關係，屬於文學層面。魯迅對弗洛伊德不滿意，在《詩歌之敵》這篇文章中，把弗洛伊德當作詩歌的敵人，認為他太科學、太冷靜。

文學的事業，一定是心靈的事業。凡是不能切入心靈的文學作品，都不是一流的作品。例如《封神演義》，情節雖離奇，但不切入心靈，所以並不入流。心靈的結構，是「情理結構」。文學不僅言情，也不僅說理，既不局限於言志，也不局限於載道，它應當是情與理的結合，心與道的結合。最好的作品都是身、心、靈全都參與的作品。科學講實在性的真理，而文學則講啟迪性的真理。俄國思想家列夫‧舍斯托夫寫過《雅典與耶路撒冷》一書，認為科學屬於雅典，注重邏輯、思辨、經驗、證明等；而宗教與文學則屬於耶路撒冷，注重直覺、感受、想像、啟迪等。文學情懷與宗教情懷相近，都是大慈悲、大悲憫，對敵人也有同情和悲憫。但文學重人性，宗教重神性。文學

不能簡單地設置黑白分明的政治法庭、道德法庭。它面對的是人性的豐富性與複雜性。陀思妥耶夫斯基的偉大著作《卡拉馬佐夫兄弟》中，有一個「大法官寓言」。政教合一下的宗教大法官握有生殺大權，以上帝基督的名義迫害異教徒，可是基督愛一切人，包括異教徒，他被大法官抓進牢房裡。夜間，大法官提著燈來到牢房，打量基督的臉，對他說：「真是你嗎？你不應當這個時候來。」大法官認為耶穌妨礙了他的事業，所以囚禁並且要燒死耶穌。這個寓言講了人類功利活動與非功利活動的悖論。文學是非功利的，超派別的，超政治的。

科學與玄學的區別，也屬於雅典與耶路撒冷的區別。對此，「五四」運動時期就有爭論。「科學」的代表是丁文江，「玄學」的代表是張君勱。科學只能解決人類如何活得更好的問題，而玄學要解決的則是人為什麼要活的問題。文學更接近玄學。它不重邏輯，而重啟迪。

二‧文學與歷史學、哲學的區分

接下來，我要講述在其他人文科學參照系下文學的特點。一般來說，文學代表人文的廣度，歷史代表

人文的深度，哲學代表人文的高度。文學因為呈現廣度，所以容易落入膚淺；歷史代表深度，但是容易落入狹窄；哲學代表高度，但是容易陷入空洞。所以，文學作品要想寫好，必須把三者打通，把歷史、哲學的優點也吸收過來。有些文學經典，如荷馬史詩，其深度還可能超過歷史。

巴爾札克筆下的人物，有兩千四百多個；《紅樓夢》的人物超過五百個。巴爾札克和曹雪芹都呈現了文學的廣度。《西遊記》裡「真假美猴王」的故事很精彩，真假孫悟空打得難分難解，連觀音菩薩、唐僧也辨別不出來，只有如來佛祖才能辨別。如來佛祖說宇宙中存在著「五仙五蟲」，「五仙」即天、地、人、神、鬼，「五蟲」即贏、鱗、毛、羽、昆，萬物萬有都可能成為文學的描寫對象，所以文學代表廣度。文學可寫鬼神，歷史則不宜寫神鬼。哲學裡也沒有鬼哭神嚎。

文學與歷史、哲學的區別，還可以用另外一組概念表述：文學體現心量，歷史體現知量（識量），哲學體現智量。文學體現心量，指的是文學體現豐富的情感量、情思量、良知量。也可以說是詩量、「氣」量、歌哭量、淚水量。《老殘遊記》的作者劉鶚說：「文學是哭泣。」文學擁有最多的歌哭，最多的喜怒哀

樂，而歷史、哲學都不能歌哭。福樓拜寫《包法利夫人》，表現了人性的豐富，巴爾札克寫《高老頭》，表現了人性的淒涼，都寫到了極致。這些都是「心量」。

文學還有一個很重要的特點，就是它不設政治法庭，也不設道德法庭，只設審美法庭。奧賽羅殺死了黛絲德蒙娜，我們不說他是「兇手」，只說他是「悲劇人物」。文學不能隨意判定一個人是好人還是壞人，凡是輕易劃分敵我，判定好、壞人的作品，都不是深刻的文學作品。「文革」時期的樣板戲，最大的問題就在於都設置了一個政治法庭，戲中壞人（階級敵人）作祟，呈現「兩個階級」的鬥爭，只要抓住了壞人，就解決了一切矛盾。樣板戲只有世俗視角，沒有超越視角，很膚淺。《紅樓夢》誕生兩百年，一直沒有人用西方的哲學參照系來看待它，第一個在這方面取得突破的是王國維。他認為林黛玉的悲劇，是「悲劇中的悲劇」，它不是幾個「蛇蠍之人」造成的，而是「共同關係」的結果，即「共同犯罪」的結果。世界上的很多矛盾，不是「善與惡」的矛盾，而是「善與善」的矛盾。那些深愛林黛玉的人，如賈寶玉、賈母，他們無意中進入了「共犯結構」，對林黛玉的死亡也負有責任。「共犯結構」是我和林崗合著的《罪與文學》這本書的主題，我們所說的「共同犯罪」，不是指法

律層面上的罪，而是指良心上的罪。中國古代作家往往「道德嗅覺」過分敏感，常常設置道德法庭；中國當代作家的問題則是「政治嗅覺」過分敏感，總是設置政治法庭。可是文學只能設置審美法庭，否則就遠離了人性的真實，即用傾向性取代真實性。同樣都是描寫所謂的「蕩婦」，《水滸傳》把潘金蓮送入地獄，《紅樓夢》則把秦可卿送入天堂；前者設置道德法庭，後者卻只從審美的角度刻畫人物。兩部作品的高下，不難判斷。

直到今天，還有很多人以為作家應該當「包公」，寫作就是判斷是非黑白，抑惡揚善。可是文學並非這麼簡單，好作家應當既悲憫秦香蓮，也悲憫陳世美，應當寫出陳世美內心深處的掙扎、靈魂的掙扎。唯有寫出陳世美的生存困境、人性困境、心靈困境，才能呈現文學性。這一點極為重要。一般人都誤認為作家應當是包公，是總統，是記者，這些都是對文學的誤解。莎士比亞塑造悲劇性的人物麥克白，不是把他寫成「大壞蛋」。麥克白在謀殺了國王之後，認為自己的手沾上了血；他殺死了國王，「也殺死了自己的睡眠」，內心深處充滿了痛苦與掙扎。中國的古代作品中只有「鄉村的情懷」，缺少「靈魂的呼告」，缺少像哈姆雷特、麥克白等的「靈魂的掙扎」。中國當代文

學前期的很多作品過於簡單化，人物過於黑白分明，因為它們處處設置政治法庭與道德法庭。

三‧宗教參照系下的文學

關於文學與宗教的關係，我在《文學常識二十二講》的第十四講裡已經講述了五個方面，即「文學與宗教的共同點」、「文學與宗教的不同性質不同歸宿」、「文學與宗教的相互滲透」、「中西文學的巨大差異」以及「『審美代宗教』的現代潮流」，大家可以參考。

今天，我還想強調：

第一點，文學與宗教的歸宿不同：宗教走向信仰，而文學走向審美。文學追求審美境界，而不是神明境界。所謂「文學是我的信仰」，只是一種比喻。十九世紀西方用真善美來代替信仰，這是歐洲形成的思潮。魯迅先生在《破惡聲論》裡說這是「易信仰」，不是「滅信仰」，即以審美代宗教。

第二點，從情感上說，宗教情感總是歸於「一」，或歸於上帝，或歸於基督，或歸於釋迦牟尼，或歸於安拉和穆罕默德，都是「一」。但文學則歸於「多」，多彩多姿，群星燦爛，百花齊放，百家爭鳴，多元並

茂，眾聲喧嘩，這才是文學的正常狀況。即使文學高峰，也正如雨果所言，是「並列高峰」，不確認只有一個高峰，一種精神歸宿。莎士比亞、巴爾札克、雨果、歌德、托爾斯泰、陀思妥耶夫斯基等都是高峰。

如果上帝懲罰我，把我發配到月球上，讓我挑選宗教書籍，如果我信仰基督教，帶《聖經》即可；如果信仰伊斯蘭教，帶《古蘭經》即可；如果信仰佛教，我可能會帶慧能的《六祖壇經》。但是如果要帶哲學書籍，就難選一些，我會帶康德、休謨、黑格爾、笛卡爾、柏拉圖、亞里士多德等的書，大約要十本；如果要帶文學書籍，因為文學的多元，就更難選擇，可能要選二十本，西方的要有荷馬、但丁、塞萬提斯、莎士比亞、歌德、托爾斯泰、陀思妥耶夫斯基、卡夫卡等，中國的要有屈原、陶淵明、李白、杜甫、李煜、蘇東坡、湯顯祖、曹雪芹等。正是因為文學不是「一」而是「多」，文學顯然更開放，更多自由選擇。

第三點，文學走向「過程」，而不是走向「究竟」。所謂「究竟」，指的是「終極究竟」，世界究竟是如何發生的？是靠什麼推動的？這是「本體論」，即探究宇宙和世界的本體是什麼。文學不叩問這些問題，文學寫的是「過程」，只問經過，不問結果。

以往我國的當代文學作品希望找出「究竟」，究

竟誰是壞人，究竟是誰救了我們等。這些都不是好的思路。文學可以認識世界，可以展示結局，但不是走向本體論。俄國的文學理論家巴赫金提出了著名的復調理論，這一理論包括三個要點：一是狂歡，二是悖論（對話），三是未完成式。文學屬於未完成式，不提供終極究竟。

第四點，文學走向「慧能」，而不是走向「尼采」。這是我自己獨特的一個表述。關於「慧能」和「尼采」的巨大差異，以前沒有人對比過。佛教傳入中國，產生了禪宗，禪宗產生了一個最偉大的人物，就是慧能，即高行健《八月雪》描述的主人公。「慧能」代表的是自由，與「尼采」的區別在於：尼采主張人得道以後要當「超人」，而慧能主張人得道以後要當「平常人」。平常人，就是真實的人。文學應當注重平常的人、真實的人。

《八月雪》之所以寫得好，就在於高行健寫的乃是平常人，又是真正的「自由人」。則天太后、中宗皇帝徵召慧能進宮，並設道場供養，但他堅決不肯，即使宮廷使臣拔劍相逼，他也不為所動，因為在慧能心目中，黃袍加身不如自由自在。最高的價值不在宮廷裡，而在自己的心裡。再高貴的桂冠也不如寶貴的良心自由。慧能不僅不屈服於政治勢力，也不屈服於

宗教勢力。禪宗發展到慧能的六祖就不選「接班人」了，沒有後繼的七祖、八祖等，因為六祖慧能打破了他的衣鉢。他知道，很多弟子會為了繼承衣鉢而自相殘殺，所以他打掉了這個紛爭的源頭。慧能代表了真實人、平常人、自由人，尼采代表了超人。如果同學們將來成功了，希望你們也當慧能式的平常人。

四・藝術參照系下的文學

關於文學與藝術的關係，寫得最好的哲學著作是黑格爾的《美學》第三卷下冊裡的《詩的藝術作品和散文的藝術作品的區別》，大家可以閱讀一下。

限於時間關係，我簡單地說明一下文學與音樂、繪畫、雕塑等的區別。最重要的有兩點。

第一，與音樂、繪畫、雕塑等其他藝術形式相比，文學的想像力更強。雖然繪畫、雕塑等也有「想像」，但它們無法天馬行空。只有文學才擁有天馬行空的想像力。所謂「觀古今於須臾，撫四海於一瞬」，「籠天地於形內，挫萬物於筆端」（陸機《文賦》），唯有文學才可能做到。

第二，文學能夠進入人的內心世界，但其他藝術不能或只能部分地表現人的內心。比如達芬奇的《蒙

娜麗莎的微笑》，只能部分地表現人的心靈，但如果通過文學作品來寫蒙娜麗莎，就可以盡情地表現她豐富的內心世界。托爾斯泰的安娜·卡列尼娜，可以說正是文學作品中的「蒙娜麗莎」。我們從安娜·卡列尼娜這個形象中，可以讀到更加豐富、更加複雜，即更加深廣的內心圖像，也就是更豐富、複雜的人性內涵。安娜·卡列尼娜內心所展示的人性多方面的衝突，包括妻性、母性、情性（情人性）的衝突，是蒙娜麗莎的藝術形象難以企及的。

現在很多人喜歡拍照。照片比書寫更為逼真。但是，再發達的攝影藝術，也不可能進入人的內心，所以，旅遊文學永遠不會消亡。

文學的優點

文學的優點，其實是文學特點的延伸。文學最根本的優點，用一句話表述，就是文學最自由，也最長久。我到美國二十七年，得到三件「至寶」：一是自由時間；二是自由表述；三是完整人格。自由表述是一切價值中最高的價值。

一・文學最自由

　　說「文學最自由」，是比較而言。具體地說，它比政治、經濟、新聞、科學等都自由。作家只能關懷政治，但不能參與政治。因為政治的本性乃是權力的角逐與利益的平衡。即使民主政治，也改變不了政治的這種基本性質。政治受制於權力關係，受制於人際關係，受制於黨派紀律，受制於法律規則，還受制於選民，受制於多數票。而文學只面對人性，它不理會政治所在乎的一切，也不在乎多數，只知道「千人之諾諾，不如一士之諤諤」。對於文學來說，個人（作家主體）比多數重要，比黨派重要，比皇帝重要，個體的認知比集體的意志重要。所以文學比政治自由。

　　文學也比經濟自由。經濟要追求利潤，哪裡有利可圖，資本就流向哪裡；經濟受制於利潤，受制於市場，受制於經濟規律。文學不追求利潤，只要求表

達，作家以表達為快樂，有市場要表達，沒市場也要表達。

相對於新聞，文學也更自由。新聞面對的是事實，寫真人真事是基本準則。但文學可以虛構，可以想像。新聞受制於時間，受制於空間，受制於真人真事。文學則可超越時空，也不受制於真人真事，因此文學也比新聞自由。

與科學相比，文學更顯得自由。科學受制於經驗與實證，受制於邏輯。科學不承認上帝的存在，因為經驗和邏輯無法證明他的存在。但文學無須邏輯，無須實證，它可以說上帝不存在，也可以說上帝存在。在文學家看來，只要把上帝當作一種情感，一種心靈，上帝就存在。

文學擁有各種超越的可能性，所以它最自由。我講「文學主體性」，重點講述文學的超越性，文學可以超越現實的邏輯、現實的身份、現實的視角、現實的時空。如果不明白這一點，就無法成為一個好作家。但我所說的大自由，是指內心的自由，而不是外在的自由。曹雪芹生活在中國文字獄最猖獗的時代，沒有外在的自由條件，但是他創造出了中國最偉大的經典極品《紅樓夢》。一個聰明的作家，絕不會等待外在自由條件成熟之後才去寫作。等待是一種愚昧。

二・自由與限定

德國哲學常講「自由意志」。「意志」是一種驅動力、衝擊力。但「自由」並不是放任，不是我行我素，自由首先要克服「本能」，不做「本能」的奴隸。康德哲學叩問的問題是：道德是否可能？也就是自由意志是否可能。這也是孔子所說的「從心所欲而不逾矩」是否可能。

《西遊記》的起始部分寫孫悟空在花果山擁有絕對的自由，後期則有「緊箍咒」。這個「緊箍咒」乃是對孫悟空絕對自由的限定。唐僧是很慈悲的，他沒有孫悟空的火眼金睛，但為了堅守「不殺生」的原則，便給所有的妖魔鬼怪都作了「非妖非魔假設」，類似西方法庭的「無罪假設」。有此假設，便允許為犯人作無罪辯護，這才是真法治。《西遊記》了不起，它有一個「師徒結構」，這是一個自由與限定的哲學結構。自由不是放棄責任。自由權利與社會義務也是一種相依相成的結構。我寫過一篇短文《逃避自由》，講我去美國之後才感悟到沒有能力就沒有自由。自由同樣有很多困境，像高行健在《一個人的聖經》裡表達的那樣，每個人都被限定在某種自由度之中。

三・自由在於「覺悟」

自由有很多種類，文學追求的是內心的自由，精神的自由。

以賽亞・柏林提出了「積極自由」與「消極自由」的概念。「積極自由」重在爭取外在的自由，孫悟空「大鬧天宮」，挑戰玉皇大帝的權威，屬於積極自由；「消極自由」則重在「迴避」，很多知識分子都是要求消極自由，我曾要求三種消極自由，即獨立的自由（不依附的自由）、沉默的自由（不表態的自由）、逍遙的自由（不參與的自由）。自由往往存在於「第三空間」，《紅樓夢》開始時，賈雨村談哲學，說世人常分「大仁」與「大惡」，黑白分明。其實還有大量中間地帶的人。像賈寶玉等都屬於「中間人」。曹雪芹不作「一分為二」的哲學預設。我問金庸先生，他最喜歡自己的哪一部作品，他說是《笑傲江湖》。我也最喜歡令狐沖。令狐沖處於華山派與對立的日月神教之間，兩派都不給他獨立的權利，但他兩邊都不想依附。令狐沖處境正是現代中國知識分子的普遍處境。社會總是不給思想者第三空間。

「內在自由」與「外在自由」不同。「內在自由」是指內心的自由，這是文學追求的自由。這種自由的

關鍵在於人自身的覺悟。我讀高行健的《一個人的聖經》，發現他提出了「自由之源」的問題：

> 自由自在，這自由也不在身外，其實就在你自己身上，就在於你是否意識到，知不知道使用。
>
> 自由是一個眼神，一種語調，眼神和語調是可以實現的，因此你並非一無所有。對這自由的確認恰如對物的存在，如同一棵樹、一根草、一滴露水之肯定，你使用生命的自由就這樣確鑿而毫無疑問。
>
> 自由短暫即逝，你的眼神，你那語調的那一瞬間，都來自內心的一種態度，你要捕捉的就是這瞬間即逝的自由。所以訴諸語言，恰恰是要把這自由加以確認，哪怕寫下的文字不可能永存。可你書寫時，這自由你便看見了，聽到了，在你寫、你讀、你聽的此時此刻，自由便存在於你表述之中，就要這麼點奢侈，對自由的表述和表述的自由，得到了你就坦然。
>
> 自由不是賜予的，也買不來，自由是你自己對生命的意識，這就是生之美妙，你品嚐這點自由，像品味美好的女人性愛帶來的快感，難道不是這樣？
>
> 神聖或霸權，這自由都承受不了，你不要也要

不到，與其費那勁，不如要這點自由。

說佛在你心中，不如說自由在你心中。自由絕對排斥他人。倘若你想到他人的目光，他人的讚賞，更別說譁眾取寵，而譁眾取寵總活在別人的趣味裡，快活的是別人，而非你自己，你這自由也就完蛋了。

自由不理會他人，不必由他人認可，超越他人的制約才能贏得，表述的自由同樣如此。

自由可以呈顯為痛苦和憂傷，要不被痛苦和憂傷壓倒的話，哪怕沉浸在痛苦和憂傷中，又能加以觀照，那麼痛苦和憂傷也是自由的，你需要自由的痛苦和自由的憂傷，生命也還值得活，就在於這自由給你帶來快樂與安詳。

高行健的這段話道破贏得自由的關鍵在於自身，即自由應當依靠自己的覺悟，既不能等待上帝的恩賜，不能等待政府的救助，也不能等待他人的施捨，而只能靠自己對於自由的意識。理解了這一點後，才能求諸自身。我因為理解了這一點，感到自由多了，甚至連演講的心態也發生了變化。我講我的，不在乎聽眾的反應，即不把自由交給聽眾。自己可以掌握自由，哪怕外界禁錮得很厲害，我們也可以贏得精神創

造的自由。只要我們不求發表，像卡夫卡一樣，在遺言中決心焚書，或像李卓吾，認定只寫「焚書」與「藏書」，那就可以天馬行空、充分自由地寫作了。

還有一對自由要分清，就是「物質自由」和「精神自由」。不能說只有精神自由重要，物質自由就不重要。中國文化講「三軍可奪帥也，匹夫不可奪志也」，「富貴不能淫，貧賤不能移，威武不能屈」，以及《莊子》中的《逍遙遊》等，都是精神性的人格。

中國文化恰恰缺少物質性自由的位置，如戀愛自由、婚姻自由、遷徙自由、讀書自由等。「五四」運動的一大功績就是啟蒙我們去爭取物質性自由，所以「五四」運動了不起。但文學自由，屬於精神自由。它不需要等待物質自由實現之後才進行寫作。中國文化不講戀愛自由，但《西廂記》、《紅樓夢》等卻大寫戀愛自由。

四・影響文學自由的若干先驗預設

要贏得寫作自由，首先不能作任何政治預設。中國前期當代文學（1949—1976）之所以失敗，就是因為作家作了太多的政治預設，或兩個階級鬥爭的預設，或兩條道路鬥爭的預設，或兩黨鬥爭的預設。這

些預設都影響了作品挖掘人性的深度。莫言之所以成功，有一個原因是他不作政治預設，他的《豐乳肥臀》所歌頌的偉大母親，超黨派、超政治、超因果，其胸懷像大地一樣，包容一切苦難，沒有國共兩黨誰正確誰錯誤的政治預設。夏志清先生的《中國現代小說史》的好處，也是突破政治預設肯定張愛玲、沈從文等的文學價值。不過我認為張愛玲後期背離了她在《自己的文章》裡宣示的美學立場，其《秧歌》和《赤地之戀》，用政治話語取代文學話語，創作的出發點也是政治預設。

其次，要贏得文學自由，也不能作任何哲學預設。我過去接受的哲學是唯物論、「一分為二」，可是這樣的哲學讓人變得愚蠢，幸而我後來學習了禪宗及王陽明的心學。這些都屬於唯心論的範疇。禪宗講「不二法門」，就是不要「一分為二」，而要愛一切人，寬恕一切人，理解一切人。《紅樓夢》裡的晴雯、鴛鴦都是丫鬟，是世俗世界裡被認作奴婢的下人，可是曹雪芹卻沒有界定她們為奴婢。晴雯就是晴雯，鴛鴦就是鴛鴦，活生生，又真又善又美。高行健也沒有對立統一的哲學預設，他的畫既不抽象也不具象，開拓了「第三地帶」，他的水墨畫就是「第三地帶」的成功。荷馬的《伊利亞特》也是如此，它沒有把特洛伊戰爭

定義為正義戰爭或非正義戰爭，雙方全都為一個美人海倫而戰。

第三，文學不應擔負外在使命。文學具有潛在的淨化功能、範導功能，但它不擔負改造世界、改造社會的外在使命。寫作應當面對人生的困境，真實的人性，不需要擔負其他的外在使命，無論是階級的使命，民族的使命，還是革命的使命等。魯迅希望療治中國國民性，對此我們應當尊重，但這不是作家可以完成的。文學不可能改造國民性，只能呈現國民性。《阿Q正傳》只是呈現國民性，並未實現改造國民性。今天阿Q還是阿Q，未莊還是未莊。使命太沉重，文學就會失去自由。我非常尊敬的詩人聞一多先生，是個國家主義者，但後來人們把他的「時代的鼓手」變成了一個普遍命題，這就錯了。馬克思說文學不能充當「時代的號筒」。文學作品不應該席勒化，而應該莎士比亞化，即內心化、人性化。

五·文學最長久

王國維在政治上很保守，但文學眼光則很先進，他認為：「生百政治家，不如生一大文學家。」因為政治家給國民物質利益，而文學家給國民精神利益，

而「物質上之利益，一時的也；精神上之利益，永久的也」。古希臘城邦的行政長官，我們誰也記不得他們的名字，但荷馬的名字卻至今仍然家喻戶曉。南唐後主李煜，作為皇帝，沒有什麼人能記住他的政績；但是作為詞人，他的詞卻流傳千古，因為其中所蘊含的家國滄桑與人世滄桑的真理，乃是「天下萬世之真理，而非一時之真理也」（王國維語）。《孟子》說：「君子之澤，五世而斬。」可是偉大的文學作品，百世不斬，萬世不滅。可以肯定，千百年後，莎士比亞、曹雪芹還會讓人說不盡、讀不盡。

中國過去幾十年的時代精神，是革命的精神；現在的時代精神，是賺錢的精神，所有人的神經都被金錢抓住。所以作家不能跟著時代潮流跑。作家應該做潮流之外的人，即《紅樓夢》所說的「檻外人」，卡繆所說的「局外人」，不讓潮流牽著鼻子走，不當潮流的人質，這樣才會有文學的永久性。《紅樓夢》所有的衝突矛盾，都不是「時代」維度上的衝突，而是「時間」維度上的衝突。文學具有克服時代、超越時代的品格，「永恆性」的品格。真正能「萬歲萬歲萬萬歲」的，不是帝王，而是文學。

文學的弱點

上一堂課講述文學的優點，我用斬釘截鐵的語言說明，優點在於最自由和最長久。今天講文學的弱點，同樣可以用一句話概括：文學，最沒有用。

一・文學最無用

「文學無用」的命題，很多人都講過。魯迅一九二七年在上海暨南大學作過一場演講，這篇演講非常有名，題目是《文藝與政治的歧途》。其中有一個重要的論點：文學不如大炮有用：「打倒軍閥是革命家；孫傳芳所以趕走，是革命家用炮轟掉的，決不是革命文藝家做了幾句『孫傳芳呀，我們要趕掉你呀』的文章趕掉的。」文學的確沒有飛機、大炮、刀槍等各種武器與工具的實用價值。這種弱點，帶給文學一種非常輝煌的特點，即「超功利」、「超實用」的特點。

葉聖陶的孫子、當代著名作家葉兆言有一篇講述，叫作《被注定了的文學》，裡面有一個小標題「無用的文學」，也講到了魯迅先生的這個例子。葉兆言還列舉了作家張愛玲和導演謝晉的例子：

> 張愛玲有一次在街頭看見一個警察打三輪車伕，她寫文章談了這個事，說她當時有一種很強烈

的衝動：要是自己能嫁個市長就好了，因為如果嫁了市長，可以讓老公立刻把這個警察給開了。這是一個作家在面對不公時，產生的一個很真實、很質樸的念頭，文學沒有什麼直截了當的作用，如果想用文學讓這個警察住手，是完全不可能的。

不光文學界，在文藝界內，關於文學的用途也存在爭論，像著名導演謝晉，就有過這方面的表露。十多年前，謝晉拍了個電影，請了很多作家來提意見。謝晉講起了自己的理想，他說一生有兩個理想，一是想做一個記者，二是想當一名電影導演。台下的記者就很激動，問他為什麼想做記者。當時我也在台上，我沒有想到謝晉會突然暴怒，他對記者說：「我當然想做記者，但是你們要知道，我可不是想做你們這樣的狗屁記者，我想做的記者是像美國得普利策獎（編者案：Pulitzer Prize，港譯：普立茲獎）那樣的記者，做在第一線報道最直接、最紀實和最針對社會現象的記者。」

謝晉的言語中，有意無意地說到了文學的一些作用。我們經常把文學家所承擔的東西和記者、媒體所承擔的東西混為一談了。我想強調的是：文學，尤其是虛構體的文學，它和新聞是完全不一樣的，對社會能起到直接作用的，是謝晉所說的記者

和媒體。我個人認為，媒體做的報道，包括一些報告文學，確實對社會現實有著非常強烈的現實意義，而我前面所說的文學，尤其是虛構文學是沒有什麼大影響的，實際上現在很多作家已經意識到問題的所在了。

他闡釋「文學無用」的觀點，還把文學比作愛情，很有意思。他說：

　　我覺得文學更像愛情，當我們用「有用」和「沒用」這樣的價值判斷來談文學的時候，我們就會非常尷尬，就像我們沒有辦法用價值判斷來談愛情一樣。愛情也是沒有用的：沒有愛情，人類照樣可以繁殖；沒有愛情，同樣可以有婚姻；沒有愛情，男女也可以發生關係。文學和愛情一樣，人們從事文學並不是因為它有用，它可能給我們帶來什麼樣的好處，它能改變什麼樣的處境，而是因為文學本身真的非常美好。文學是因為它的美好才能夠生存的，即使文學再邊緣，到了幾乎沒有什麼人看的地步，文學還是會因為它的美好而存在，當我們擺脫了利益來談文學的時候，我們會覺得我們的眼前變得一片光明。

這個比喻非常好，讓我聯想到很多。首先想到，我們愛文學，乃是因為文學本身的美好，而非因為文學可以帶給我們什麼「好處」。接著，我們又會想到：文學寫作，作為一種審美活動，它是超功利的，也不應當講究是否有用。

《紅樓夢》裡，賈寶玉很善良，從不說別人的壞話，但他對探春有過微詞。探春在王熙鳳生病時，和李紈、薛寶釵一起主持過賈府家政。她很節儉，精打細算，因此主張應把賈府中枯萎的荷葉和花卉拿去賣錢。寶玉對此非常反感，他說探春也學得「乖巧」了。探春考慮的是荷葉、花卉的實用價值，但這些花草在寶玉眼中卻只是欣賞的對象。寶玉眼裡，花草與愛情均無實用目的。他總是為詩而詩，為愛而愛。他最愛的林黛玉，是最有才華的詩人，但最沒用，而且還有肺癆病。賈母很疼愛林黛玉這個外孫女，但還是決定讓賈寶玉娶薛寶釵為妻，這也是從「有用」的角度出發的。而賈寶玉愛林黛玉、愛晴雯、愛鴛鴦，則都是超功利的，即都是無條件的愛，無目的的愛。

文學現在越來越邊緣化，很多詩歌、小說都沒有什麼讀者，沒有什麼市場。因為現在的社會是功利的社會，物質主義覆蓋一切，人們只知道物質的價值，不知道精神的價值。在座的同學們以後如果想當作

家，第一要耐得住寂寞，第二要耐得住清貧。如果做
不到這兩條，就不要選擇這個行業。

二・文學的無用之用

　　文學雖然是最無用的，但從人類的終極目標看，
卻又有一個悖論，就是文學的「無用之用」。「無用之
用」這個理念，出自《莊子・外物》，其中記敘了莊
子與惠施的一段辯論。惠施經常出現在《莊子》裡，
也被稱為惠子。《莊子・秋水》裡記載了莊子和惠施關
於「魚之樂」的辯論，莊子說水裡的魚很快樂，惠施
反問莊子：你不是魚，怎麼知道魚快樂？在這個故事
裡，惠施講的是邏輯，而莊子講的是直覺。中國文化
很善於講直覺。我寫《紅樓夢悟》，用的就是直覺。
莊子和惠施的討論還有很多，《外物》如此論辯「有用
無用」：

　　　　惠子謂莊子曰：「子言無用。」

　　　　莊子曰：「知無用而始可與言用矣。天地非不
　　廣且大也，人之所用容足耳。然則廁足而墊之致黃
　　泉，人尚有用乎？」惠子曰：「無用。」

　　　　莊子曰：「然則無用之為用也亦明矣。」

「無用」與「無用之用」是一對悖論，兩個相反命題都符合充足理由律，都道破了真理的一個方面。惠施說「言無用」是對的，莊子說「言為無用之用」也是對的。莊子和惠施還有很多類似的辯論。在《逍遙遊》裡，有一段關於樗樹之用的對話：

　　　　惠子謂莊子曰：「吾有大樹，人謂之樗。其大本擁腫而不中繩墨，其小枝捲曲而不中規矩，立之塗，匠者不顧。今子之言，大而無用，眾所同去也。」

　　　　莊子曰：「子獨不見狸狌乎？卑身而伏，以候敖者；東西跳梁，不辟高下；中於機辟，死於罔罟。今夫斄牛，其大若垂天之雲。此能為大矣，而不能執鼠。今子有大樹，患其無用，何不樹之於無何有之鄉，廣莫之野，彷徨乎無為其側，逍遙乎寢臥其下。不夭斤斧，物無害者，無所可用，安所困苦哉！」

　　惠施覺得樗樹的樹幹和樹枝都沒有什麼用，但是莊子說這棵樹寬廣的樹蔭可以乘涼。所以，說這棵樹沒用是對的，說它有用也是對的。還有一個類似的例子，是人們說某種巨大的葫蘆沒有什麼用，但是莊子

卻說可以繫在身上當作腰舟，浮游於江湖之上遊玩。

我在第一講裡講過：文學可以豐富我們的心靈，豐富我們的情感，豐富我們的思想，就像我們說愛情沒有用，但是它可以豐富我們的人生，使我們的人生更有詩意，正如德國詩人荷爾德林（Friedrich Holderlin）所說，可以幫助我們「詩意地棲居」。這也可以說是一種「用」，但不是淺近利益的效用。

三・無目的的合目的性

關於什麼是美，古往今來很多哲學家都探討過。柏拉圖說，美就是美本身，他探討的是美的本質。不是漂亮的姑娘，也不是那些罈罈罐罐，他認為美乃是美的共同理式。朱光潛先生則認為，美是一種審美關係，是「心」與「物」的關係。我寫過《李澤厚美學概論》，借用尼采的「男人美學」與「女人美學」這對概念描述朱光潛和李澤厚兩位先生的不同：李先生屬「男人美學」，即哲學性美學，凡研究美的本質、美的根源，即美是如何形成的，都屬於這一類。李先生提出的「自然的人化」、「歷史的積澱」諸命題，都是在解釋「美」如何形成。而朱先生則屬於「女人美學」，他探討的不是「美」如何形成，而是美感的產

生，美感與文學藝術的關係等問題。其重心是審美，
不是美本身。

今天我們講述的是文學的弱點，關注的是「無用」
與「無用之用」。我覺得在西方兩千多年的美學歷史
中，把二者統一起來，並對二者作了最科學的說明的
是康德。康德提出一個著名的觀點，說美的特點是
「無目的的合目的性」。這是一個值得我們永遠記住的
偉大命題，也可以視為美的定義和美的本質。首先，
美「無目的」，即美是無用的，也就是說，超功利、
超實用，超淺近目的，也就是無用方為美。文學符合
這一條，它最沒有用，但它最美。其次，美又是「合
目的性」。所謂「合目的性」，乃是合最高的善，即合
人類的終極目的。終極目的是什麼？是人類的生存、
延續、發展，這是幾乎看不見的目的，但又是最根本
的目的。對於「合目的性」，也有人解釋成客觀的審
美判斷。我們在課堂上不必糾結於概念，重要的還是
觀照已經發生的和正在發生的文學現象。

中國前期當代文學（1949—1976）的「合目的
性」，精神層次太低，它追求的是合黨派目的，即有
利於中國革命和執政黨的目的；之前還有一個層次稍
高的「合國家目的」，看似是抬高文學的地位，其實
是在貶低文學的地位。我在《文學常識二十二講》裡

批評了曹丕的名言：「蓋文章，經國之大業，不朽之盛事」，還批評了梁啟超沒有新小說便沒有新社會和新國家的觀點。真正的大目的，應當是「合天地目的」、「合人類目的」，而不是合黨派、合國家、合民族的目的。無論是曹丕還是梁啟超，都停留在「合國家」。只有「合天地」、「合人類」，才是永恆的，才是最大的善。文學寫作，只要求合天地大目的，合至善，合人類最根本的心靈方向。只能講此「方向」，不可以講別的「方向」。

蔡元培提出「以美育代宗教」的理想，歸根結底也是嚮往精神領域中的「無用」與「無用之用」的統一，即嚮往「無目的的合目的性」。因為宗教與政治結盟之後（政教合一），愈來愈帶有實用性與淺近的功利目的，於是產生了打著上帝的旗號或安拉的旗號發動的爭奪土地與權力的戰爭。這些戰爭使宗教的偏頗與實用性更為明顯。中國對於宗教更是常常採取實用主義態度，很多人進入宗教是為了「吃教」，把宗教當作敲門磚，敬神的背後是與神做利益的交易。魯迅批判過中國人的宗教實用態度，說中國人對神只是「從」，而不是「信」，即只是以功利態度對待神，並非真的對神具有無條件的信仰。蔡元培「以美育代宗教」的理想，乃是以超功利的「真善美」來取代功利

性的宗教態度。文學藝術之所以可能成為「美育」的重要內容，便是因為文學藝術具有超功利、不追求實用目的的特點。也就是說，「無用」的弱點，可以通過「美育」，化為「無用之用」的優點。培養學生音樂的耳朵、審美的眼睛，以及豐富的心靈與情感，所有這些，都是深遠的合目的性，而不是淺近的有用性。

四・本堂課的「期待」

今天講述「文學的弱點」，是為了讓同學們明瞭：文學不可能帶來任何世俗利益。想當一個好作家，首先應當放下文學「有利可圖」的妄念，而明確「文學最沒用」的真理。以往大陸的文學概論，常說文學可以成為政治機器的齒輪與螺絲釘，甚至可以成為沒有穿軍裝的軍隊，這都是誇大文學的用處。現在有些作家追求世俗角色，老想當個「作協主席」、「文聯主席」，哪怕省級、市級的主席也好，因為世俗角色可以帶來世俗利益。這種追求勢必影響作家守持本真的角色，也勢必造成世俗利益對文學的腐蝕與傷害。因此，敢於確認「文學最無用」，乃是作家的一種精神品格。有了這種品格，作家才能全身心地投入文學，也才能進入「無目的寫作」和「超功利寫作」。無論

是魯迅還是葉兆言、謝晉，他們都懂得文學的真諦，決不追求文學的世俗利益，只面對真實與真理，只知道讓文學豐富自己的心靈與情感。我們這一堂課，正是期望同學們揚棄學習寫作的任何外在目的，不求功利，不求實用，不為了世俗利益而追求功名利祿，媚俗、媚上。

文學的難點

前些時，在香港科技大學「文學風華」圓桌論壇上，美國威斯康辛大學的黃心村教授在發言中透露，她的老師李歐梵教授曾在課堂裡提示同學們說：「請注意，形式往往比內容重要！」這一課，我講「文學的難點」，覺得文學創作難就難在創造形式。

一・寫作之難在於創造「形式」

　　自從亞里士多德使用 form 這一概念之後，關於內容與形式的關係，便探討不斷。也許把 form 翻譯成「形式」會產生誤解，因此，中國學人普遍忽視「形式」，甚至給強調「形式」扣上「形式主義」的帽子。其實，形式與內容密不可分，即具有整一性。我在《文學常識二十二講》中提出，文學乃由三大要素組成，即心靈、想像力、審美形式。這三大要素也具有整一性。而今天，我要說，寫作的難點在於創造形式，或者說，難在創造審美形式。寺廟裡的和尚也有慈悲心，也有美好的心靈，但他們不是詩人；美好的心靈唯有加上美好的「形式」（詩的形式），才能成為詩人。也就是說，心靈必須經過一個通道，才能表現為詩或其他文學門類。這個通道，就是審美形式。文學的難點，就在於創造出這個通道，即創造形式。

所謂天才，就文學而言，乃是把心靈轉化為審美形式的巨大才能。意大利著名的文藝批評家兼哲學家克羅齊在《美學原理》（朱光潛譯）中說：「詩的素材可以存在於一切人的心靈，只有表現，這就是說，只有形式，才使詩人成為詩人。」克羅齊講的是一個至關重要的文學真理。可惜許多作家一輩子都掌握不了這一真理，即缺少「形式」意識。以為文學寫作就是講故事，鋪陳情節，下筆萬言，非常容易；不知道故事情節僅是心靈素材，它還必須通過「形式」而表現為詩與小說等等。形式意識其實就是藝術意識，審美意識。

中國的讀者與作家，往往忽略「形式」，以為「內容」與「形式」的關係，乃是「酒」和「酒瓶」的關係，酒才重要，酒瓶則隨時可以丟掉。其實，這個比喻並不恰當。前幾天，我就這個問題與韓少功先生商討，他說，內容與形式的關係，最好用「燈」與「光」來作比喻。我覺得這一比喻極好。文學乃是燈光，燈與光是一個整體，二者具有不可分性，二者融為一體，沒有「燈」重要還是「光」重要的問題。沒有「燈」，產生不了「光」；但沒有「光」，「燈」則沒有什麼意義。說「光」是 form，稱之為「形式」，這妥當嗎？不過，約定俗成，我們姑且接受 form 即形式。但我今天要說，寫作的難點就在於創造「光」，即創造形式。

《紅樓夢》裡的少女都很可愛，也都有很美的心靈，但林黛玉是詩人，晴雯不是詩人。因為晴雯不懂得詩的形式，創造不出詩的形式。林黛玉則是詩人，她善於創造詩的形式。韓少功擁有清醒的形式意識，所以他的長篇小說《馬橋詞典》，通過「詞典」這一審美形式展示馬橋這一中國環境與中國心靈，因為這是創造，所以進入了「二十世紀中國小說一百強」（《亞洲週刊》評出的一百強，我是評委之一）。

我們如果要從事寫作，一定要有「形式感」；評價文學作品，也要有「形式意識」。文學批評一是著眼精神內涵，二是著眼審美形式。今天，我再補充一句：三是應當著眼二者的整合水平，或者說，化合水平。

「形式」的創造，不僅難在必須具有形式意識，而且還難在具體的創造過程，即寫作過程。在寫作過程中，我覺得作家必不可少要經歷文句之難、文眼之難、文心之難、文體之難等形式難關的考驗。首先是寫作的文句，這是審美形式的第一步。寫作者的文句優劣，內行人一看就明白。有些人把作品讓我看，一部數百頁的長篇小說，我看了頭十頁，大概就可以判斷出他的水平，因為十頁裡文句的水平就暴露無餘。

這樣說可能還抽象一些。具體地說，作家寫作時

應拉好四張「強弓」，突破四種水平，即穿越四種「難點」。

二·「文句」創造之難

「文句」的難點，是文學的第一張硬弓。一個作家首先要過語言關，要有語言的美感意識。經典作家首先是語言上的經典性，其才華首先在語言的文句上表現出來。我們表揚一個很有才華的作家時會說：「他出口成章。」所謂「成章」，就是嬉笑怒罵皆成文章，不同凡響，讓人讀後回味無窮，甚至過目難忘。例如，歷史學家兼散文家卡萊爾說：「寧可失去印度，不可失去莎士比亞。」這一句話，比一篇論說莎士比亞的論文份量還重。他自己解釋道，因為印度只是「腳下的大地」，而莎士比亞則是「精神的天空」。這便是精彩的文學語言。以前有人誤以為「寧可失去印度」是丘吉爾說的，但我考證了一下，發現是托馬斯·卡萊爾說的。卡萊爾還說過一句讓我終生難忘的話：「未經歷過長夜哭泣的人，不足語人生。」托爾斯泰的《天國在你們心中》（*The Kingdom of God Within You*）引用過這句話。說起莎士比亞，我還想起《李爾王》中的一句話：「現在是瘋子領著瞎子行走的時代。」在

「文化大革命」中，我總是想起這句話，念念不忘這句話。前兩年，著名作家余華到我們香港科大訪問時，給我講過一個故事，這故事出自莎士比亞哪個劇本，他忘了，我也未去查證。他說，莎士比亞的語言特別了不起。有一個被國王誤解而被流放到遠方的老臣，歷經多年後，國王明白了冤情，下詔書要他返回宮廷，但他已經老了，眼睛也瞎了，於是就說：謝謝陛下，請把詔書「收起來吧，那上面的每一個字，哪怕就是一顆太陽，但我已經看不見了」。余華說，這種句子，正是莎士比亞的語言。一句話足以照亮千秋，難怪有位大作家說：「我打開莎士比亞第一頁，就知道我的一生屬於他了。」我還要告訴同學們，美國有兩位作家的文句一直讓我沉醉，而且影響了我的人生。這就是著名的散文家愛默生和他的學生梭羅。愛默生的每篇文章，每次演講，都充滿讓我們難忘的文句，例如他說：「世界是微不足道的，人才是一切。」又說：「世界上唯一有價值的是擁有活力的靈魂。」他說的許多話都成了我的座右銘，而且讓我知道怎麼寫散文。梭羅在我身上也產生過類似的效應。例如他說的「資源就在附近」這句話，就讓我排除「貴遠賤近」的人性弱點。我為什麼喜歡魯迅？首先也是覺得他的文字總是不同凡響，例如：「世上本沒有路，走的人多

了，也便成了路。」這句話給了我們極大的力量。去年「共識網」編輯王淇採訪我時，我加了一句話，說：「世上本沒有路，走的人多了，便成了路。即使走的人不多，我也要自己踏出一條路。」但這只是魯迅名句的翻新而已。散文需要寫出好句子，詩歌更是如此。所以才有唐代詩人賈島著名的「推敲」故事。

三 ·「文眼」創造之難

除了「文句」之難，還要突破「文眼」之難。繪畫講究「畫龍點睛」，文章也是如此。要會點睛，即會擊中要害，點到穴位。我讀書寫作有種「點穴法」，就是「點睛法」。好詩好文都有「睛」，即都有文眼、「穴位」，例如《紅樓夢》中賈寶玉作《芙蓉女兒誄》，其文眼就是歌詠晴雯的四句詩：「其為質則金玉不足喻其貴，其為性則冰雪不足喻其潔，其為神則星日不足喻其精，其為貌則花月不足喻其色。」抓住這一「文眼」，就容易讀懂全篇。能寫出文眼是種硬功夫，但不可刻意營造格言（「格言」游離於文章整體之外，其效果適得其反）。我讀王國維的《人間詞話》，就捕捉其論述李煜詞的一句話：「儼有釋迦、基督擔荷人類罪惡之意」（《人間詞話》十八），這一文眼道破李煜

詞的最高境界，即關懷人間的普世價值。

　　我把自己的散文詩《讀滄海》、《又讀滄海》、《三讀滄海》發給大家參照，也是為了說明「文眼」。《讀滄海》的文眼是：

　　　　我曾經千百次地思索，大海，你為什麼能夠終古常新，為什麼能夠擁有這種永遠不會消失的氣魄。今天，我讀懂了：因為你自身是強大的，自身是健康的，自身是倔強地流動著的。

《又讀滄海》的文眼是：

　　　　唯有你，變幻無窮的海，可以和人類身內的宇宙相比，唯有你，酷似我心中的世界：一部沒有邏輯的詩，一部充滿偶然、充滿荒謬、充滿聖潔的小說，一部在狂暴與溫順、喧嘩與緘默、放浪與嚴肅中不斷擺動的戲劇，一部讓岸邊聰穎的思索與狡黠的思索永遠思索不盡、煩惱不盡的故事。

　　《三讀滄海》的文眼，則是我把自己定位為「海的兒子」，自稱「海嬰」，所以整個人生都充滿海的基因，海的氣派，「海的思維，海的邏輯」。

「文眼」其實就是思想。十七世紀的法國思想家帕斯卡爾說:「人只不過是一根蘆葦,是自然界最脆弱的東西;但他是一根會思想的蘆葦。」因為人會思想,所以人才偉大。我寫散文詩,不僅是寫情感,而且還寫思想。散文詩中有我對世界、社會、人生的詩意認知。

四・「文心」創造之難

寫作還有第三個難點(作家還要拉好第三張硬弓),這就是「文心」之難。「文眼」是思想之核心,「文心」則是文章的大情懷、大視野、大精神、大境界。例如,四大名著的「文心」就很不相同,《三國演義》、《水滸傳》的文心很醜,那是機心與凶心;而《西遊記》與《紅樓夢》的文心則很美,那是佛心與童心。莫言為自己的小說系列作序,強調「大悲憫」,這正是文心。所以,我說他的成功是上帝心靈與魔鬼手法的結合。我國前期當代文學,從周立波的《暴風驟雨》、丁玲的《太陽照在桑干河上》,一直到浩然的《金光大道》、姚雪垠的《李自成》,之所以失敗,乃是它們的文心錯了。其文心不是「愛」,而是「恨」,不是「大悲憫」,而是「你死我活」的階級鬥爭。

我的忘年之交、左翼作家聶紺弩先生曾抄錄他的兩句話送給我，我一直掛在牆上。他說：「文章信口雌黃易，思想錐心坦白難。」信口開河，不負責任，表現才子氣，這容易；但思想錐心就難了。錐什麼心？錐「文心」，錐真心，錐本心，錐慈悲之心。

　　要錐入文心的深處，一要靠識，二要靠膽。前提是坦白，即敢說真話。如果吞吞吐吐，甚至瞞與騙，那就會遠離「文心」。文心講究「真實」，所以說「坦白難」。文心還要講究「深度」，所以要有「錐下去」的功夫。錢鍾書先生的「管錐」功夫，不僅可用於學術，也可用於思想。

五・「文體」創造之難

　　如果說，「文眼」是思想之核，那麼，「文體」則是思想的浮雕性，可感性。每個偉大的作家，都有自己的文體，也就是說，都有自己的個性和風格。文體是作家整個人格、整個氣質、整個才能的外化。俄國大批評家別林斯基對於「文體」有個經典的定義，他說：「可以算作語言優點的，只有正確、簡練、流暢，這是縱然一個最庸碌的庸才，也可以從按部就班的艱苦錘煉中取得的。可是文體，——這是才能本身，思

想本身。文體是思想的浮雕性，可感性；在文體裡表現著整個的人；文體和個性、性格一樣，永遠是獨創的。因此，任何偉大作家都有自己的文體……世間有多少偉大的或至少才能卓著的作家，就有多少種文體。」別林斯基提醒我們，作家的全部才能，最後應當體現為創造獨特的文體，即呈現為獨特的風格。我們常說，風格便是人。其實，風格既是人，又是人的形式表現。世上的偉大人物都有自己的個性與才能，但未必都有自己的風格與文體。唯有偉大作家與偉大詩人，才能把自己的偉大性與個性呈現為文體與風格。我們很難分清托爾斯泰與陀思妥耶夫斯基這兩位最偉大的俄羅斯作家在「文心」上的區別，因為他們都抵達大慈大悲，但是我們可以分清他們的「文體」之別。他們兩個人的風格很不相同。只要讀一讀他們的小說文本，就立即可以判斷，此屬於誰，彼屬於誰。我們在創造形式時，不能忘卻創造文體，這是最困難的也是最能表現作家水平的一道關口。有心的作家必須調動自己的一切才能實現文體的創造。

文學的基點

一・人性的兩大特點

　　文學的基點即文學的立足點是什麼？如果用一個詞語概說，那就是「人性」。一是見證人性的真實；二是見證人類生存處境的真實。文學正是坐落在這兩個「真實」的基點上，尤其是坐落在第一個「真實」的基點上。

　　「人性」有什麼特徵？至少有兩個特徵：一是具有無限的豐富性；二是具有無限的可能性。黑白，好壞，大仁大惡，都是簡單化的劃分。其實好人並非絕對好，壞人並非絕對壞。好人也有作惡的可能性，壞人也有行善的可能性。俄國文學的高明之處，就在於他們往往把小偷、妓女這些「犯人」拿來「審判」，既審出他們的罪惡，又審出「罪惡」掩蓋下的「潔白」（魯迅談論陀思妥耶夫斯基之語），從而顯示出「靈魂的深」，即人性的深度。

　　通常講「人性」，首先是把它作為「物性」和「神性」的對立項來講的。所以我們所講的「人性論」，最初只講人本，不講「物本」與「神本」。這是正視人性的自然屬性。可是發展到今天，又發現人性也有神性的一面。例如人的性愛，原來只是慾望即動物性，後來變成情愛即人性，而情愛又可發展成靈魂之

戀與精神之戀，如賈寶玉和林黛玉的「天國之戀」，這便是神性。賈寶玉作為貴族公子，他卻出淤泥而不染，視權力、財富、功名如糞土，這也是神性。文學的功能之一，就是把「人性」往「神性」方向提升。

上個世紀三十年代，魯迅和梁實秋就「階級論」與「人性論」展開一場著名的論辯。這場論爭，歸根結底是關於「文學基點」的論爭。論爭的結果是魯迅佔了上風，因此「階級論」也成了文學的統治思想。五十、六十、七十年代，「階級論」也成了中國文學的基點。這是文學基點的錯位，其結果是全部文學政治化，即全部落入「兩個階級」、「兩條路線」的簡單化模式。

其實，文學可以超時代，也可以超階級。面對普遍的人性，就是超階級。今天我們的課程就是重新認識人性的無限豐富性與可能性。人性既有普遍性，又有個別性，既有共性，又有個性。僅僅是人類群體的人性共相，就已經令人眼花繚亂，無法劃一。我們先講述一下群體共性中的整體相與分別相吧。

二・人性群體的共相與殊相

人性群體的共相（整體相）有許多方面，例如生

物性共相，宗教性共相，民族性共相，文化性共相等。

　　以生物性共相而言，男性與女性差別就很大。一般地說，男性更多生理需求，女性更多心理需求。男性又可分解為父性、子性、夫性、兄弟性等，女性則可分解為母性、女兒性、妻性、情人性等。男性就其本性而言，一般都不忠誠，即所謂「天下男人皆薄倖」。而女性也常常表現得很豐富。托爾斯泰筆下的安娜・卡列尼娜之所以寫得好，就在於她表現出極為豐富的女性。她愛兒子，這是母性；她愛沃倫斯基，這是情人性；她對丈夫有負疚感，這是妻性。她意識到，離情人愈近，離兒子就愈遠，這是母性與情人性的衝突。她正是因為人性的衝突而崩潰，最後臥軌自殺了。

　　人是會變的，人性也會變。我曾寫過一篇短文《女子悲劇五段論》，批評中國的男權主義。文中寫道，女子開始是男子心目中的「夢中人」、「意中人」，接下來變成「屋裡人」，然後漸漸疏遠變成「局外人」、「陌生人」，最後變成「多餘人」。托爾斯泰的《戰爭與和平》中，少女時期的娜塔莎很美很可愛，而在結婚後，娜塔莎變得肥胖，忙於各種家務瑣事，也不再可愛了。人性有喜新厭舊的弱點。好作家總是善於將人性的複雜寫出來。

人性還有許多共相，例如宗教性。在西方，宗教性是比階級性更大的一個範疇。基督教、伊斯蘭教、佛教，三大宗教的差別很大。基督教又分三大派，即天主教、新教、東正教，這是常識。新教剛出現時，被天主教當作異端，老教壓迫新教，因此茨威格寫了《異端的權利》。在美國，曾有人想發展我為教徒，我說：「我喜歡孤獨的上帝，不喜歡有組織的上帝。」我尊重上帝的存在，可以直接跟上帝對話。佛教也很複雜，僅僅中國佛教就有八宗。我喜歡禪宗，不太喜歡密宗。禪宗講「自性迷，即是眾生；自性覺，即是佛」，特別看重悟性。高行健的《八月雪》，裡面的慧能就是高行健，高行健就是慧能，這部作品不是宗教戲，是心靈戲。禪性就是審美性，我們從事文學要有禪性，超功利、超集團、超市場。後來中國禪與儒、道結合，反而不如日本禪那麼純粹。我去日本時，主人用茶道歡迎，那種靜穆之真情，令人感動。人性是複雜的，宗教信仰也是複雜的。中國人對待宗教多數不是真信仰，而是利用宗教，跟菩薩做交易。真信仰不摻雜功利。人間本有三處淨土：學校、寺廟、醫院。可是現在淨土不淨，一些寺廟也利用信眾的信仰斂財。可見人性多麼複雜。

　　應當承認，階級性也是人性的一部分，階級矛

盾、階級衝突是永遠存在的，關鍵問題是如何區分階級和如何解決矛盾。階級本是從經濟上劃分，新中國成立後「階級」劃分又變成政治區分。比如地主、富農，就變成敵對的「四類分子」。而孔子，在「批林批孔」時代，連「四類分子」都不如，階級的劃分完全被政治化。魯迅先生接受階級論，是受俄國文學的啟發。他發現人可分解為壓迫者和被壓迫者，後來主張文學要寫出人的階級性，與主張文學應當寫普遍人性的梁實秋論戰，甚至對梁實秋進行人身攻擊，這是魯迅先生的缺點，他的階級立場過於激進。魯迅有一句很有名的話，說賈府的焦大是不可能愛上林妹妹的。其實不然。我看到很多故事，宰相的女兒常常愛上窮乞丐。勞倫斯的《查泰萊夫人的情人》，查泰萊夫人因為丈夫無法滿足她，而愛上她家的伐木工人，兩人愛得你死我活，書裡描寫得非常細緻 —— 這就是林妹妹愛上焦大。還有「三言二拍」裡的《賣油郎獨佔花魁》，「花魁」是最高級的青樓女子，卻愛上了非常窮的貧民。莎士比亞的《奧賽羅》，黛絲德蒙娜愛上了黑人奧賽羅，這在英國貴族社會裡是不可思議的。這些都是超階級的複雜人性現象，魯迅說得太絕對了。還有，蘇聯作家拉夫列尼約夫的小說《第四十一個》，寫兩個不同陣營的男女，在一個孤島上相愛，後來男

子所屬的白軍陣營來了一艘船，男子衝過去想要上船，屬於革命陣營的女紅軍戰士就舉槍將他打死。這部小說過去受到中國評論家的批判，認為這是階級調和的修正主義作品。批判者沒有考慮人性的真實。

人性的共相還有國民性。國民性屬於深層文化結構。中國人的國民性與日本人的國民性確實不同，甚至北京人和上海人、福建人的國民性也不同。法國人傲慢、虛榮，常為凱旋門驕傲，但是中國的老子卻主張「勝而不美」，主張用葬禮對待勝利，絕無「凱旋」之說。美國人與英國人的國民性也不同，美國人比較坦率、天真，不記仇，比較實用主義；英國人則貴族氣較重，也「善於」老謀深算，凡事理性一些。我很喜歡納博科夫寫的《洛麗塔》，講一個中年男子愛上十二歲的少女洛麗塔，這個中年男子有英國紳士的貴族風度，而洛麗塔則「實用」有加，精明世故，體現的正是美國人的性格。我最近在田家炳中學做演講，題目是《略談中西文化的八項差異》，這其實就是人性的地緣區別。因為時間關係，我在課堂上只能簡單給大家說說。第一，中國是「一個世界」的文化，西方則是「兩個世界」的文化（李澤厚語）。所謂「一個世界」，乃是一個「人」世界。「人」之外雖然還有「天」，但中國文化講究「天人合一」，因此，歸根結

底是一個「人世界」。西方文化的兩個世界是除了「人世界」之外，還有一個「神世界」。第二，西方文化「重先驗」，而中國因為沒有「神世界」，所以「重經驗」，也就是重歷史。李澤厚先生著《歷史本體論》，正是把「歷史」視為根本。第三，西方文化講「罪感文化」，中國文化講「樂感文化」，日本講「恥感文化」，印度佛教講「苦感文化」。第四，中國文化講「和諧」，西方文化講「正義」。第五，中國文化「尚文」，西方文化則「尚武」。從古希臘斯巴達開始，西方就尚武。美國人對球星、運動員非常崇拜，中國則是文人地位更高。第六，李澤厚先生說中國文化是「情本體」的文化，即以情為根本的文化；而西方則是以「理」為根本，或者說是「理本體」的文化。不同的文化心理便產生不同的人性。

三・人性個體的共相與殊相

人性群體的共相即人性的普遍性，已夠複雜，差異已讓人眼花繚亂。而人性的個別性，則更為紛繁多變。每一個體都自成一個世界。中國人愛講「命運」，「命」是靜態的，不可改變；而「運」則是動態的，可改變的。文學面對的就是變化多端的人的命運。這種

命運既有常數，也有變數，有靜態，也有動態。命運充滿偶然，人性也充滿偶然。把握「人性的真實」，絕非易事。

會寫小說的人，一百零八個人可以寫出一百零八種性格，如《水滸傳》。不會寫的人，千人一面，寫一萬個也沒用。《紅樓夢》裡面沒有大仁大惡，很多人處於第三地帶、灰色地帶。比如王熙鳳，說話風趣，深受賈母喜歡，她在賈府「幫兇、幫忙、幫閒」都極為在行。薛寶釵是儒家的精神極品，林黛玉是道家的精神極品，史湘雲則是名家的精神極品，這三個女子性格各不相同，不同文化會輻射到人性深處。其個性既有表層之別，也有深層之別。甚至連小丫鬟也都各有自己的性情，無一雷同。《紅樓夢》真了不起。

四‧對人性認知的深化

西方對人性的認知，有三次大發現。第一次是文藝復興時期對人的發現，發現人的優越性和長處，歌頌人是「萬物之靈長」。第二次發現，是從十八世紀開始，到了十九世紀叔本華，才在哲學層面上得以完成。這次發現是發現人的脆弱、荒謬、無知，並不那麼好。叔本華認為人類是追求慾望的生物，慾望導

致人類的墮落。其實慾望具有兩面性，人類有慾望的權利，慾望可能成為一種動力。但慾望的另一面，也會把人變成貪得無厭的魔鬼，所以人具有無限惡的可能。第三次發現，是弗洛伊德對「潛意識」的發現。佔據人性絕大部分的是人的潛意識世界。人的自我可以分成「本我、自我、超我」，潛意識的世界基本是在「本我」的範疇。但弗洛伊德的發現是靜態的，太科學化了，所以魯迅先生將他視作「詩歌之敵」。而高行健的《靈山》則把人性世界動態化，自我的內在三主體「你、我、他」的互動形成了複雜的語際關係，即主體際性關係。

中國對人性的認知，有兩個重要發現值得我們注意。第一次是王陽明的心學，發現了人性的無限廣闊性。我寫《性格組合論》用了「內宇宙」這個詞，就是受到王陽明「吾心即宇宙」的啟發。第二次是《西遊記》對人性的發現。孫悟空是怎樣的存在？非天、非地、非人、非神、非鬼、非妖，但是我要加上幾個字，孫悟空又是「非天亦天」，「非地亦地」，「非人亦人」，「非神亦神」，「非鬼亦鬼」，「非妖亦妖」。孫悟空是妖身人心，天人地物，其本事又不愧為「齊天大聖」。吳承恩了不起，把人性擴展到這麼豐富的境地。

文學的亮點

在文學世界裡漫遊，常常會發現，某個作家、某個作品，像星星似地在眼前或遠方閃亮，讓我們頓時感到欣喜，甚至狂喜。那個星星似的作家與作品，就可稱為「文學的亮點」。作為作家，這個亮點，往往是一種直覺，一種靈感；作為批評家，這個亮點，則是他的發現，他的洞察；作為讀者，這個亮點則是他的心得，他的碩果。

一・作家創作的亮點

　　作家眼裡的亮點，也就是文學創作的亮點。這種亮點，只有一個，那就是作品的原創性。有原創性便有亮點，無原創性即無亮點。例如《神曲》，但丁之前，人類所知道的「人世間」，並無地獄。但丁把「人世間」寫成「地獄」，還把許多宗教領袖、世間豪強放入「地獄」的不同層次。《神曲》如此原創，自然就成了亮點。又如米開朗基羅在梵蒂岡西斯廷教堂禮拜堂所作的《創世紀》天頂畫，全世界都覺得這是地球上藝術的第一亮點，因為在此之前，只有創世紀的傳說，並無創世紀的形象。自從這幅畫產生之後，人類便有了創世紀的「天堂」和它所派生的大地之子亞當與夏娃。這是絕對的首創，也是無可否認的藝術創

造的偉大亮點。再如十六、十七世紀，在西班牙和整個歐洲，到處都是騎士文學，於是，騎士俠士文學也趨於模式化，千篇一律，讓人覺得乏味。這時候，突然出現了塞萬提斯的《堂吉訶德》，它一掃騎士文學的舊套，寫了一個既有正義感又傻乎乎的過時騎士，讓人既捧腹大笑又佩服他不斷進取的精神，此時，全世界的眼睛都在西班牙看到文學的「亮點」。還有，二十世紀初出現的天才卡夫卡，他一出手，便星光閃爍，全是亮點。時至今日，一個世紀過去了，他的《變形記》、《審判》、《城堡》還是亮點，還在繼續照徹當下世界的荒誕，觸發人類的深思與反思。卡夫卡產生之前，歐洲文學乃至世界文學，只知文學可以抒情，可以寫實，可以浪漫。卡夫卡出現後（作品出版後），人們才知道文學可以另類書寫，可以如此荒誕，可以如此隱喻，可以如此警世。卡夫卡是偉大的預言家，他之所以是十九世紀和二十世紀之交文學的巨大亮點，就因為他的作品具有無可比擬的原創性。產生於中國的世界作家高行健，他的長篇小說《靈山》，我開始閱讀時感到費力，然而一旦讀進去，則發現書稿中「亮點」密集，有大亮點，有小亮點。大亮點是他把小說的格局全變了。他寫的小說並非辭書上定義的小說，而是另類小說。它以人稱代替人物，以心理

節奏代替故事情節，竟然以自我的內在三主體「你、我、他」的對話及其複雜的語際關係構成一部長篇，讓我讀得目瞪口呆，但讀完不能不承認，這是一部原創性極強的小說，一個極為新鮮的文學亮點。而高行健的戲劇，每一部都是一個亮點，十八部中沒有一部是重複自己的。那部《冥城》，我閱讀之後竟與閱讀《神曲》一樣興奮。那也是把「人間」寫成「地獄」。在中國的地獄中，最不幸的是中國婦女。

作家創造文學的亮點，靠的是直覺，是悟性。覺前人之未覺，悟前人之未悟，才有原創。克羅齊曾說：「直覺是離理智作用而獨立自主的，它不管後起的經驗的各種分別，不管實在與非實在，不管空間時間的形成與察覺。」克羅齊是真正懂得文學藝術的美學家。他知道直覺、感悟對於作家何等重要。如果說，邏輯與經驗可以帶來科學的發明（科學亮點的出現），那麼，唯有直覺與悟性才能帶來文學的亮點。克羅齊正確地指出，直覺與邏輯無關，與概念無關，與理性無關，它帶有極大的偶然性。文學的亮點，正是偶然的結果。當然，偶然的直覺與感悟，並非憑空而覺和憑空而悟，它也與積澱、修煉的功夫有關。作家往往是因閱歷而悟，修煉而覺。

二‧批評家對亮點的發現

　　文學的亮點並不一定都能自動展示，它常常被埋沒，被遮蔽，被抹煞。因此，文學的亮點往往需要有人去發現，去開掘，去宣揚。好的批評家就是善於發現文學亮點的批評家。例如，俄國最著名的大批評家別林斯基，就具有一雙天生善於發現文學亮點的慧眼，這就是他的文學感覺力。他聽到別人給他朗讀《窮人》，在他眼前就出現一顆文學新星，這就是陀思妥耶夫斯基。後來時間證明，別林斯基發現的這個亮點，不僅是俄羅斯的文學巨星，也是全世界的文學巨星。別林斯基不到四十歲就去世了，但他發現果戈理、陀思妥耶夫斯基的歷史功勳，卻永遠給人以啟迪。別林斯基成為傑出的文學批評家，當然首先緣於他大量地閱讀文學作品，深知文學的特徵，但是，他天生具有一種審美感覺器，也是不容否認的。也就是說，作家創造文學的亮點，需要天生的才能，而批評家發現文學的亮點，也需要天生的才能。

三‧讀者的文學亮點

　　文學的亮點，不僅屬於作家與批評家，也屬於讀

者。優秀的讀者都不是消極的接受者，他們同時也可以成為發現者與創造者。

我說的「優秀讀者」，乃是文學真正的熱愛者與作家的知音。他們不在乎政府和意識形態部門規定的各種評論標準，也不在乎各類教科書所宣示的各種批評尺度，只認定一條屬於自己的好標準，即只要是與自己心靈相契合的作品，則愛入骨髓。於是「契合點」便成了他的亮點。例如，我國當代最著名的詩人之一郭小川，他寫了許多廣泛流傳的詩作，但我並不喜歡。而他在一九五八年寫的一首《望星空》，卻讓我愛不釋手。為什麼？因為其詩情詩意，與我的內心完全契合。這首詩進入不了《當代詩歌史》，卻進入了我的心靈史，進入我的內心深處。因為詩人面對浩瀚的星空所產生的孤獨感、寂寞感、空漠感等，正是我常有的感覺。我認定，唯有這些感覺才是高級感覺，才是深邃的美感。《望星空》的詩情與我內心的悲情一旦相互碰撞，便在我的眼前產生巨大的亮點。這種亮點是我自己感受到的。而文學史家們則感受不到，因為詩中的亮點已被他們的編寫教條所掩蓋了。

在中國，文學的亮點被教條所掩蓋是常有的事。例如陳翔鶴先生所寫的《廣陵散》、《杜子美還家》、《陶淵明寫輓歌》等短篇小說，我當時（上世紀六十年

代）讀後便為之一振，覺得這些小說一掃教條化的兩個階級、兩條路線鬥爭的僵化模式，展示了小說創作的一片亮點。然而，不久之後，卻看到批判文章，指責這些小說「味道不對」，把文學的亮點視為文學的黑點。此時此刻，我只能把這一亮點收藏在自己的內宇宙中，讓它悄悄地發光。

四・亮點發光的艱難

文學的亮點不僅有強弱之分，而且有真偽之分。文學的真亮點，總是帶給人間溫暖和光明。而有些「亮點」則是官方追捧出來的，或媒體吹捧出來的，隨著時間的推移，它們很快就會煙消火滅，因為那是偽亮點。

從上述例證中，我們可以了解，文學的亮點並非一帆風順。它往往是在逆境中產生，而且產生後總是為時代所不容。但丁如此，郭小川如此，陳翔鶴也是如此。了解這一點，好作家就不必刻意追逐亮點，也不必相信，許多文學評獎機構所推舉的作品便是文學的亮點。對於好作家而言，重要的不是求當「明星」，求做「亮點」，而是追求充分的創作自由。創造性是在良心深處與歷史深處創作文學光明，那才是永遠與

天地共在的星火與亮點。普魯斯特寫作《追憶似水流年》，創造了一種新的文體（意識流文體），呈現自己內心的世界，有幾個人能感受到那書稿上的明亮呢？但他不在乎這一切，只管寫作，只管創造，終於創造出具有巨大原創性的多卷本長篇，這是文學的巨大亮點，可是這亮點需要時間證明。普魯斯特著筆時怎麼也沒想到，他的那麼長的小說，卻成為後來人心目中的一串亮點。喬伊斯的《尤利西斯》，其命運也是如此。這部意識流小說，現在也成了世界文學的大亮點。可是，剛問世的那些年頭，這部小說被視為「淫書」，遭到被禁錮、被詆毀的種種厄運。當二十世紀即將結束，《紐約時報》把它評為二十世紀英文小說一百強的頭一部時，人們能不能想到，八十年前，它居然被視為頭一部壞書？

天才與經典的命運尚且如此，更不用說普通的無人保護的寫作了。所以，真正聰慧的作家，必定會把「文學的亮點」放在自己的心中，自己享受光明，而不在乎外部的評語。

五·亮點不是固定點

綜上所述，我們可確認，文學的亮點在於首創。

或第一個發現，或第一次發明，或第一次感悟，都可能提供亮點。但我們還要說明，首創，原創性，固然是文學的亮點，但這麼說，仍然過於籠統。一部好的文學作品，可能是因為它提供語言的亮點，也可能是文本的亮點，風格的亮點，思想的亮點。亮點不是固定點，要具體分析。例如「五四」新文學運動中，胡適的白話新詩和魯迅的白話小說，都是亮點，因為它們都使用新的語言，即都放下了文言文，而採用白話文寫作。我們首先感受到的是新語言的美感。到了四十年代，我們又發現了趙樹理的小說，而趙氏小說讓我們眼睛一亮的，則是他的農民語言。採用民間最質樸的語言，也可以把生活表現得這麼美，這是前人所無的，或者說，是「下里巴人」的亮點，也是中國新文學的亮點。有的作品，其亮點不在於它的新語言，而在於它的新思想、新感悟。例如，劉心武的小說《班主任》出現時，也讓人感到這是新的亮點出現在文學地平線上。今天我們再讀這篇小說，並不覺得這是寫作語言的亮點；但在思想層面上，它當時就突破了原先小說的蒙昧，指出一代新青年在文化上的崩潰，即白癡化，讓人為之警醒。後來出現的張賢亮的《綠化樹》、《男人一半是女人》等小說，也讓人覺得亮點閃爍。這也不是語言上有什麼特別，而是在人性

的抒寫上，更貼近生命的真實。

　　最近幾年，我特別喜歡閱讀馬爾克斯的作品，讀了他的《百年孤獨》、《苦妓回憶錄》等，覺得他的每一部新作都是亮點。不僅語言上是亮點，文體上是亮點，精神內涵上也是亮點。他的原創性四處閃光，表現得最為全面。讀了他的作品，我才明白什麼是文學的自由，文學創作可以「天馬行空」到何等地步。

文學的戒點

以前講的課程多半是文學應當如何如何，很少講文學不應當如何如何，今天要作點補缺，講講文學寫作應當力戒什麼，所以稱之為「文學的戒點」。

「戒」在宗教裡，特別是在佛教裡，佔有很重要的地位。中國佛教八宗，有一派是「律宗」，弘一法師就屬於律宗。律宗也稱為南山宗，其宗派領袖鑑真和尚曾六渡滄海，到日本傳教。弘一法師作為律宗的名家，曾寫過「以戒為師」四個大字以警醒世人。禪宗也把「戒」視為與「定」、「慧」並列的佛教基石。文學講「戒」與佛教講「戒」有所不同（下邊再細講）。然而，廣義上的「戒」只是防止、防備、防範的意思，文學從廣義上警惕某些作風還是必要的。在《文學常識二十二講》裡，有一講題為「去三腔除舊套」，其實也有「戒」的意思。我在這一講裡希望同學們應去「學生腔」、「文藝腔」、「教化腔」，也希望同學們寫作時要除舊套，勇於創新。這些都是寫作修養。今天從「戒」的角度說，是希望同學們進入寫作時要力戒「落套」和力戒「腔調」。也就是說我已講過兩個戒點。那麼，除了應當力戒「落套」和力戒「腔調」之外，還應當力戒什麼呢？今天，我想再講五個戒點。

一・寫作應力戒什麼？

（1）**力戒「平庸」：**寫文章最怕什麼？最怕是落入「平庸」。

我們常聽到人們嘲諷不好的文章，說它們「平鋪直敘」、「平淡如水」、「平淡無奇」、「味同嚼蠟」，等等，這些都是批評「平庸」的常見語言。

所謂「平庸」，便是一般化，公式化。文章政治正確，主題妥當，思想傾向也無懈可擊，可就是四平八穩，面面俱到，沒有波瀾，沒有精彩，沒有新意。換句話說，文章沒有錯誤，沒有犯規，沒有違法，但也沒有別出心裁，沒有新鮮，沒有風格，沒有個性，沒有亮點。無味，乏味，寡味，毫無趣味，這都屬於平庸。還有一些文章沒有少年意氣，沒有青春氣息，倒是老氣橫秋。一篇接一篇，但每一篇均可有可無；一本接一本，但每一本都可留可棄。書文中充斥的是人云亦云，鸚鵡學舌，濫竽充數。這當然也是平庸。

（2）**力戒「矯情」：**文學當然需要感情，需要生命激情，但不能有「矯情」、「濫情」、「偽情」。

濫情在上世紀六、七十年代（「文化大革命」期間）到處可見，那時唱的「紅歌」，讀的「頌詞」，全是濫情之作。

有許多作家對偽情有所警惕，並不弄虛作假，但是無意中卻陷入矯情。古人寫的「猶抱琵琶半遮面」，乃是輕微的矯情；而「文革」時期人們天天高唱的「爹親娘親不如毛主席親」，則是明顯的矯情。

　　矯情把「肉麻」當有趣。這一點，魯迅早就指出。他批評「老萊子娛親」的故事。這個老萊子本身已是老頭子，但為了表示對父母的孝敬，就裝腔作勢，甚至假裝跌倒，以博得父母一笑。這種把肉麻當有趣，歸根結底乃是沒有真情實感。

　　（3）力戒迎合：文學寫作還有一個大忌是迎合。迎合，就是討好。為了討好讀者，寫作之前，就揣摩讀者心理；為了鑽入讀者心中，作家就縮小自己、矮化自己。現在許多報刊與網站設置所謂「暢銷書榜」，於是，作家便企圖寫暢銷書。所思所想是如何暢銷，迎合市場。這是寫作的陷阱，但許多作家尚未警惕。好作家絕對不可有「寫暢銷書」、「登光榮榜」的念頭，一旦有此念頭，其心態，其構思，其深度，全受影響。我不是說所有暢銷書都不好，而是說，暢銷是一種結果，而不應當是出發點。也就是說，創作時無暢銷之念，結果寫出好書，反而被有品位的讀者所喜愛，即不迎合讀者反而合好讀者的審美趣味。在當下市場覆蓋一切的年代，提出力戒寫暢銷書的念頭，也

是一種反迎合，反俯就。這種「無目的」的寫作，其結果反而「合目的性」（合人類最高的善）。想寫暢銷書便是「目的性」太強太切，急功近利。

（4）**力戒「媚俗」**：「媚俗」這一概念，出自米蘭‧昆德拉。他多次批評捷克等東歐國家的革命作家媚俗。媚俗即隨大流。具體地說，媚俗是指文學創作緊跟「形勢」、「大勢」、「時勢」。那是一種很低級的順從政治的習俗。

米蘭‧昆德拉實際上提出了一個重大的戒點，就是文學不可隨大流，文學不可順「時勢」。好作家倒是應當「反潮流」或「逆潮流」。

但米蘭‧昆德拉沒有強調，除了不可順從「時勢」、「時尚」之外，也不可順從「大眾」。

前些年，「大眾文學」甚囂塵上，名義上是為「大眾」，實際上是「為市場」。因為大眾乃是市場主體。順從了大眾，文學便有了賣點。但米蘭‧昆德拉無論如何已告訴我們，文學乃是高貴的事業，不可「獻媚」。

不媚，才有文學的尊嚴與自由；不媚，才有作家的主權與獨立；不媚，才有作品的格調與境界。我早已提出，好作家一定要有一種獨立不移的立身態度，既不媚俗，也不媚雅。順從大眾的胃口固然不對，順

從小眾的胃口也不對；刻意取悅「下里巴人」不對，刻意取悅「陽春白雪」也不對。托爾斯泰誰也不取悅，所以才成其為托爾斯泰；卡夫卡誰也不取悅，所以才成其為卡夫卡。

除了「既不媚俗也不媚雅」之外，我還提出「既不媚上也不媚下」，「既不媚左也不媚右」，這是在中國語境下的必要補充：中國的政治壓力太大，文學創作常受政治影響，作家要贏得靈魂的主權，就既不可媚上，即不可向皇帝、權貴拍馬，也不可媚下，即不可討好所謂「革命群眾」、「工農大眾」。還有，在政治較量場中，左派右派鬥爭不斷，如果作家捲入政治，等於捲進左右紛爭的絞肉機，所以對於左、右不同派別的理念糾葛，只能採取超越的中性立場，左右都不媚。極端主義是深淵。極左理念是深淵，極右理念也是深淵，唯一可能的選擇是價值中立，靈魂獨立。與此相應，對於文化的選擇，也應「不媚」，既不媚古也不媚今，既不媚東也不媚西。無論是中國文化還是西方文化，都各有長處。我們吸收其長處，揚棄其短處即可。對於中國的古代文化和現代文化，也應採取這樣的態度，好則說好，壞則說壞，絕不順從，更不盲從。

（5）力戒「認同」：文學與政治的不同，是政治

總是鼓動人們去「認同」，所以它要強調「統一意志」、「統一步伐」等。政治統治者之所以喜歡實行愚民政策，說什麼「民可使由之，不可使知之」，目的也在於讓民眾盲目認同自己的意志與路線。而文學則相反，它總是要啟迪讀者獨立思考，作家也以獨立不移為貴，不做政客的「尾巴」。具體的創作則總是害怕重複，既害怕重複前人，也害怕重複他人，因此，在文學理念上，也不可能認同前人與他人。一認同，寫出來的作品就沒有新意。所以，凡是只知認同權力意志、政府意志與集團意志的作家，都不是有出息的作家，唯有敢於質疑流行觀念、時髦觀念的作家，才可能有所創新，有所貢獻。

好作家一般都帶有「異端性」思維，即對官方認可的理念具有質疑性的思維。喜歡叩問，喜歡質疑，乃是作家的精神品格。

二‧宗教戒律與文學戒點

請注意，我們今天講的是戒點，不是「戒律」。戒律原是指佛教戒律（通常是指「毗奈耶」，廣義上指最初的屍羅）。戒律是佛教三無漏學之一，與「經」、「論」合為「三藏」，《西遊記》裡唐僧被命名

為「唐三藏」，就來源於此。佛教諸派中那個以戒律為主的宗派，便是律宗。由於過分嚴格，便形成「清規戒律」，這對於修行的僧人也許是必要的，但對於文學寫作者而言，清規戒律則是一種束縛，一種思想牢籠，一種心靈羈絆，並不可取。佛徒為了杜絕一切惡行而提出戒律，這原可理解，但後來戒律愈來愈繁瑣，連教徒也受不了，因此便發生因對戒律意見不同的分裂。各派自行自己的「蹤度」，有的認為「大戒可行，小戒可捨」，有的主張大戒小戒皆要實行。因為思想上的分裂，便形成不同的「毗奈耶」和不同的律藏。佛教最後在印度走向滅亡，是否與戒律過於嚴格與繁瑣有關，可以探討。

文學的戒點與佛教戒律不同：第一，它不形成戒經、戒藏、戒律。第二，它沒有繁瑣的教條和監視制度。第三，文學之戒與佛教之戒雖都有「防止」的意思，但佛戒是行為的絕對準則，文學之戒則是相對的修養；前者是強制，後者是提醒；前者是棍棒，後者是燈光。

三 · 大戒點與小戒點

上述文學的戒點都是「大戒點」，這是文學作者

必須防範的共同性戒點。但寫作修養還必須注意小戒點。「小戒」因人而異，初學寫作者可根據自身的需求自訂一些小戒點。例如，有些初學者遜於文學語言，或者對於語言的美感缺乏感覺，這就可以給自己訂下一些戒點，例如戒妄言，戒浮言，戒謊言。倘若還要具體一些，則可「戒囉嗦」，「戒重複」，「戒拖沓」，「戒生搬硬套」，「戒濫用形容詞」。如果心性急躁，則可自己訂下「戒粗糙」，「戒膚淺」，「戒急功近利」。如果心性懶惰，則可給自己訂下「戒述而不作」，「戒眼高手低」，「戒睡懶覺」，等等。這些都是從消極方面所進行的文學修煉，我們不妨試試。

文學的盲點

這一課，我要講「文學的盲點」。講題似乎有些古怪，但很要緊。我在《人論二十五種》中講了「妄人」，那是不知輕重、不知好歹、不知「天高地厚」的人；而「盲人」則是視而不見之人。或根本不知，或以不知為知，或以不明為明，通稱「瞎子」。我們這些從事文學的人，也常常充當文學的「瞎子」。從淺近的層面而言，只知小說為文學，不知道詩歌、散文、雜文、詩話、詞話等也是文學，這便是「盲」。或者只知道小說家是誰，不知詩人是誰，這當然也是「盲」。以詩而言，談起奧登之前，我們也許知道艾略特、葉芝、龐德、里克爾，卻不知道狄金森，那麼，這個狄金森便是盲點。我讀了江楓所譯的《狄金森詩選》，補了課，才算掃了盲。而奧登之後，費爾南多佩索瓦、保羅策蘭、切·米沃什、特朗斯特魯姆、辛波斯卡、布羅斯基、阿多尼斯等，雖赫赫有名，但沒讀過，也算盲點。中國的當代詩人，只知北島、舒婷、楊煉、顧城、西川、多多，其餘的，如王小妮、于堅、雷平陽等，則一片漆黑，那麼，王小妮等就成了我的文學盲點。文學之盲點，幾乎人人都有。不僅我們這些院校學子有，連瑞典的諾貝爾獎評審委員會也有，他們並非三頭六臂之神聖，眼力精力均有限，也往往會當「瞎子」。在浩如煙海的文學世界之前，

唯一正確的態度是謙虛，知之為知之，不知為不知。

　　作家本是人類世界中最聰明的部分，但也往往會當「瞎子」，除了閱讀疏漏之外，還往往看不見文學中一些最重要的現象和最重要的事物。中國作家如此，世界各國的作家也如此。今天我側重談論中國作家的「盲點」。

　　中國當代作家盲點很多，例如在五、六、七十年代，許多作家只知道典型環境而不知真實環境，只知道典型性格而不知真實性格，只知階級論而不知人性論，這是普遍的愚昧，也是當下作家正在努力克服的蒙昧。不明之處很多，今天只想說三大盲點。

一‧身為文學中人，卻不知何為「文學狀態」

　　二〇〇〇年高行健獲得諾貝爾文學獎時，多所學校請我去講述，我講的全是「論高行健狀態」。我跟蹤高行健的創作很長時間，深知他最為了不起的，正是他擁有一種獨立不移的「文學狀態」。題目是「論高行健狀態」，說的則是「文學狀態」。自從我在八十年代初認識高行健起，我就獲得一個印象：高行健除了熟知文學藝術之外，其他的幾乎都處於渾沌狀態。對於政治、經濟、權力、財富、功名等多種領域，他

完全「不開竅」，或者說「一竅不通」。一心投入文學，全身心投入文學，這正是「文學狀態」。我在講述中，格外明晰地說，所謂「文學狀態」，乃是寫作的非功利狀態，非功名狀態，非集團狀態，非市場狀態。換種語言表述，便是非政治狀態，非「主義」狀態，非意識形態狀態。因為一切意識形態都帶有功利性。高行健既不追逐權力意志的寶座，也不坐上集體意志的戰車，他總是特立獨行，獨來獨往，總是處於孤獨的狀態，寂寞的狀態，寫作的狀態。他在都柏林所發表的講演中（他與克林頓等同時獲得領袖金盤獎）說，孤獨的狀態是作家的常態，無論是人或是作家，都只有在孤獨的狀態中才可能成長。

什麼是「文學狀態」？高行健早已很明確。所以他不在乎沒有「組織」，沒有「祖國」，沒有可依附的「黨派」，沒有可提供給養的「機構」。他獨立不移，認定作家最廣闊的天地就在他個體的自由思想和自由表述之中。而自由之源，也絕不是外在條件，即不在於上帝的賜予和政府的賜予。自由完全來自作家自身的覺悟和自身的創造。覺悟到自由取決於自身，才真正擁有自由。等待外部條件成熟才進入寫作，乃是一種蒙昧。高行健這種關於自由的深刻認知，使得他自己始終贏得一種充分自由的「文學狀態」，一種不求

諸於外而求諸於內（自身）的「文學狀態」。正因為對「文學狀態」極其明確，所以高行健一再說，他的基本處世狀態和寫作態度乃是「抽身冷觀」。所謂「抽身」，就是從世俗的功利羅網中跳出來，從而贏得自由。逃亡也是抽身。而所謂「冷觀」，則是以清醒的眼光認知世界與人生，不為時事的動盪所左右。高行健的「抽身冷觀」，正是一種自覺的「文學狀態」。可惜中國的當代作家雖然聰明，但多數不知什麼是「文學狀態」。這是一大「盲點」。

第二個大盲點則是：

二・只知意識世界，不知潛意識世界

不知何為「文學狀態」，這是中國作家的第一大盲點。而不知文學世界的最廣闊地帶乃是潛意識世界，則是中國作家的第二大盲點。這一盲點在五、六、七十年代，表現得最為明顯。這是中國當代文學的前三十年，在這個年代裡，作家只知「主義」，不知靈魂「主權」；只知「反映論」，不知「反觀論」；只知「美在生活」，不知「美在生命」。而最為突出的是只知政治意識形態，不知有潛意識世界。

不知有潛意識世界，這在弗洛伊德之前，是全世

界作家的普遍盲點。偉大的心理學家弗洛伊德是揭示「潛意識世界」的天才。他告訴人們，人的生命內裡可分為意識部分與潛意識部分。意識部分很小，相當於海水中冰山露出海面的那一小角；而潛意識部分則很大很廣闊，相當於潛藏於海平面之下的巨大冰山。潛意識部分，它的主要內容是性愛。性愛從人的童年開始就支配著人的意識部分。性愛受了壓抑，便產生夢。文學藝術乃是夢的呈現和表述。弗洛伊德這一學說當然可以商榷，例如，他說文學的動力源乃是性發動（潛意識爆炸），這固然能說明許多文學現象，但不能說明無數由於「良知壓抑」而產生的文學。然而，弗洛伊德所揭示的潛意識大於意識而且支配意識的真理，卻給作家以極大的啟迪，至少啟迪作家不應當只用頭腦寫作，還應當用全生命寫作。所以當他八十壽辰的時候，歐洲一些有名的作家，如羅曼‧羅蘭、托馬斯‧曼等一百多人，集體為他慶祝生日。我們應當承認，在弗洛伊德之前，我們的眼睛看不到廣闊的潛意識世界，看不清性愛在文學中的巨大作用。而當世界範圍內的作家普遍地睜開眼睛，認識到生命中的「潛意識」真相近百年之後（弗洛伊德出生於一八五六年），中國的作家卻以空前的熱情宣揚政治意識形態，把文學藝術視為意識形態的一部分，甚至把文學當作

政治的註腳。這不能不說是「盲心盲目」。當時流行的「主題先行論」，就是「主義先行論」，「意識形態先行論」。意識形態的是非判斷，變成文學創作的出發點。所有的代表作，從《紅日》、《紅旗譜》、《大河奔流》、《創業史》、《青春之歌》到《紅巖》、《艷陽天》、《金光大道》、《李自成》，全都是意識形態的形象轉達。作品中沒有性愛，沒有夢，沒有本能的壓抑，沒有潛意識的騷動。即使涉及情愛，那也是有始無終的情愛，或政治意識支配下的情愛，因此，所有的英雄皆帶假面具，所有呈現出來的人性皆不真實。幾十年過去之後，這些作品全都失去了生命力，因為它們只在意識形態的表層滑動，沒有潛意識深層的生命呈現。這是一個巨大的創作教訓：只當意識世界的驕子，卻當潛意識的瞎子，其創作注定失敗。

我還要講講中國作家的第三個大盲點：

三‧只知已完成的客觀世界，不知未完成的個體世界

首先我要向同學們坦白，在閱讀巴赫金之前，我也屬於這一項的盲人。巴赫金可謂蘇聯唯一真正的文學理論家，他提出了影響全世界的著名的「複調小說」

理論。其「複調」論的要點有三：一是狂歡即多聲組合。單調小說只有獨白，只有一種聲音。而複調小說則是多種聲音的合鳴與交響，也可稱為「眾聲喧嘩」，如同狂歡節。複調小說超出某一種語言、一個聲音的統一性。複調論的要點之二是對話即悖論。凡複調小說不僅有多種聲音，而且一定有對立聲音的論辯，即互相矛盾、互相衝突的聲音並存並舉。例如《卡拉瑪佐夫兄弟》中的伊凡，他一方面熱烈地讚美上帝，讚美的理由是充分的：上帝慈悲，上帝仁厚，上帝愛每一個人；但另一方面他又譴責上帝，譴責的理由也同樣充分：既然上帝那麼偉大，那麼，為什麼他所創造的人間卻有這麼多苦難，這麼多痛苦，這麼多不公平與不公正？兩種完全不同的論調構成一種心靈的張力場。巴赫金的複調理論還揭示了第三點，這就是凡是具有個性的心靈，一定是「未完成」的心靈，即未固定、未確定、還處在尋找與發展中的心靈。單調小說再現的是客體世界，而複調小說呈現的不是客體世界，而是人的世界和個性世界。前者可以完成，後者則不會終結，不可能完成。巴赫金在《陀思妥耶夫斯基的詩學問題》第二章闡述了這個重大論點。他以陀思妥耶夫斯基為例，說明對於陀氏而言，重要的不是主人公在世界上是什麼，而首先是世界在主人公心目

中是什麼。這樣的主人公對世界的認知（主人公意識中的真理）永遠不會結束，即永遠不可能窮盡，不可能完成。

巴赫金說：

一個人的身上總有某種東西，只有他本人在自由的自我意識和議論中才能揭示出來，卻無法對之背靠背地下一個外在的結論。

他還說：

（所有的主人公）都深切感到自己內在的未完成性，感到自己有能力從內部發生變化，從而把對他們所作的表面化的蓋棺論定的一切評語，全都化為了謬誤。只要人活著，他生活的意義就在於他還沒有完成，還沒有說出自己最終的見解。……陀思妥耶夫斯基的主人公總是力圖打破別人為他所建起的框架，這框架使他得到完成，又彷彿令他窒息。

在巴赫金的論證中，陀思妥耶夫斯基之所以偉大，就在於他不接受他人預設的框架與結論，即在於他對「活人」的未完成性與不確定性具有一種深刻的

認識，因此，他筆下的人物，總是他者不可重複和不可模擬的，即充分個性化的人與心靈。而我國的廣義革命文學，從茅盾的《子夜》開始，它的問題恰恰是接受外部提供的框架與結論（《子夜》接受的是關於中國社會性質論辯中馬克思主義派的結論，然後以此結論構思小說的情節與人物）。在《子夜》裡，所有的人物都是性質確定與性格完成了的。《太陽照在桑干河上》也是如此。其故事框架與主要人物，都是土改政策的形象轉達。無論是貧下中農還是地主，都沒有未完成的內心，而只有早就確定的「階級本質」。這種「完成式」的寫作，成了五十年代小說創作的基本模式。

今天所講的文學三大盲點，只是舉例說明，其實，中國當代作家之盲，遠不止此。但僅這三方面的不知不明，就足以使我們的文學喪失個性與活力。

文學的拐點（轉折點）

一・文學史上的轉折現象

　　文學的拐點，只是個通俗的說法。如果換作書面化的表述，則是文學的「轉折點」。正如哲學上講「矛盾」、「悖論」、「二律背反」，其實三個概念都是一個意思，只是通俗一些和哲學化一些的不同表述。文學發展到一定時候，就會拐彎，發生轉折。對文學思潮的研究，歸根結底是對文學拐點與轉折點的研究。例如，我們常說的「悲劇」，在古希臘那是「命運的悲劇」，如《俄底浦斯王》，先知預言他將發生「殺父娶母」的不幸。他拚命逃脫這個預言，結果還是陷入這種命運。這種無可逃遁是宿命。這是發生在兩千多年前的「命運悲劇」。那是「神」主宰一切的時代，「人」無能為力，也無可逃脫。文藝復興之後，我們看到的悲劇，如莎士比亞的四大悲劇，則是「性格悲劇」，無論是哈姆雷特、奧賽羅，還是麥克白、李爾王，他們都是「人」，其悲劇都是其性格所決定的。這個時期作家的理念是「性格決定命運」。到了近代，則出現巴爾札克的《高老頭》、福樓拜的《包法利夫人》、司湯達的《紅與黑》、托爾斯泰的《安娜・卡列尼娜》等等，這些作品也可以稱作悲劇，但已不算命運悲劇或性格悲劇。正像《紅樓夢》一樣，大家都認定它是

悲劇，但沒有人把它界定為「命運悲劇」或「性格悲劇」。若稱它為「關係悲劇」，就更為貼切一些。王國維的《紅樓夢評論》就說林黛玉之死，乃是「共同關係」的結果，也就是說悲劇是日常生活人際關係合力的結果。魯迅說，寫實的悲劇是「幾乎無事的悲劇」，即人們在平平常常的生活中，發生「關係」，相互作用，動機都是「善」的，性格也無可挑剔，結果就產生了悲劇。所以稱這種悲劇為「關係悲劇」也有道理。綜上所述，就可以說，從命運悲劇到性格悲劇，是一個拐點；從性格悲劇到關係悲劇，又是一個拐點。至於在拐彎（轉折中）中哪一個作家的哪一部作品起了關鍵性的作用，那是需要研究和探討的。

悲劇有許多拐點，喜劇同樣也有許多拐點。喜劇開始於丑角戲，那是「滑稽」，那是「諷刺」。諷刺劇之後是「冷嘲」劇，「冷嘲」之後則是「幽默」，幽默之後又是「黑色幽默」。那是令人落淚的幽默。還有「怪誕」等，也屬於「喜劇」的大範疇。一部喜劇發展史，大體上是喜劇的拐點史。喜劇的幾度轉折，最後產生《堂吉訶德》、《西遊記》、《儒林外史》等傑作。

二‧中國文學的拐點

　　中國文學與西方文學有很大的不同。中國文學以「詩」、「文」為正宗，以戲劇、小說為邪宗。而西方文學的主脈一直是戲劇與小說。

　　因為以「詩」、「文」為正宗，所以詩的拐點也正是文學的拐點。中國古詩，從古體變為近體，就是一大拐點。在此拐彎中，律詩的出現便是一個關鍵點。古體詩有三言、四言、六言諸體。律詩則只有五律（五言）與七律（七言）。兩種律體都有押韻與平仄的規定。詩發展到唐代便走向高峰。那麼，唐詩如何走向宋詞？這又是一個拐點。要說明這個拐點，就得研究詞是怎樣發生與發展的。我讀過盧翼野先生一篇研究詞的文章，他說，從詩到詞的轉折，重要的是「樂」的需求與參與。樂包括「古樂」、「胡樂」、「俚樂」（民間歌聲）。由於樂的影響，「詞」便逐漸成為獨立的文體。這種文體本身的發展又有自己的拐點。詞論家說：「詞至北宋而大，至南宋而深。」那麼在向「大」向「深」發展的路上，誰才是扭轉詞性與詞風的拐點呢？盧文說，這其中有四個關鍵點：（1）宋初，晏殊詞依舊留有五代十國之風；（2）到了柳永，便開「慢詞」之源；（3）蘇東坡橫掃綺羅香澤之習，這是詞的

「變正」；（4）周邦彥完成了詞的文章與音樂的結合。但盧文沒有提到後主李煜。王國維先生的《人間詞話》則把李煜視為中國詞史上的一個大轉折點。他說，「詞至李後主而眼界始大」。這說明，確定文學的轉折點（拐點），不同的文論家會有不同的看法，爭議是難免的。

中國的小說發展，也有自己的拐點。從《山海經》這種小說胚胎，變成《世說新語》小故事，再發展為「話本」，最後變成敘事性小說。這一過程的拐點在哪裡？大可研究。小說拐彎的歷程中，佛教「變文」的傳入產生了什麼影響？哪部小說的出現把敘事藝術帶入長篇？梁啟超提倡新小說之後，中國小說產生了什麼「突變」？這些問題，都值得我們探討。

三・西方文學的拐點

西方文學的拐點內涵，更多地表現為文學思潮的轉折。例如，從古典主義（真古典主義→偽古典主義）到浪漫主義的轉折，從浪漫主義到自然主義的轉折，從自然主義到寫實主義的轉折，從寫實主義到荒誕主義的轉折，都是大拐彎。在這些大拐彎中，哪一位作家的作品稱得上拐點，即轉折的標誌，文學史家的看

法常有分歧。例如，從古典主義思潮轉向浪漫主義思潮，有人說拐點是雨果（法國），有人說是拜倫（英國），也有人說是斯達爾夫人，甚至有人說是盧梭。其實，浪漫主義，作為衝擊「完美」古典主義的革命文學運動，它在不同的國家中有不同的重心和不同的形態。在法國，雨果無疑起了槓桿作用，但盧梭何嘗不是「動力源」之一？在英國，濟慈、拜倫、雪萊都可視為浪漫先鋒，三者誰為首席，不易說清。而在德國，歌德的《少年維特之煩惱》可視為拐點。在西班牙，其浪漫主義顯然受英國與德國影響，但誰領潮流，則不明顯。在意大利，其浪漫文學，原是受宗教影響較烈，其特點與英法又有不同。

四・自然轉折與人為轉折

在研究文學的拐點時，應當注意自然拐點和人為拐點之分，也就是注意自然轉折與人為轉折的不同特點。

自然轉折是文學發展到一定時期，某種文學形式發展到飽和狀況，難以繼續前行，就會出現「鐘擺現象」，從此一方向轉向彼一方向。而人為轉折則帶有「改革」與「革命」形態，是一些作家對文學現狀不

滿而刻意推動的文學轉型。我對這兩種不同形態的拐彎，均不作籠統的價值判斷，只看轉折的後果是推動文學前行還是妨礙文學的自由。但是，一般地說，自然轉折才是正道，而人為轉折，即革命形態的轉折，往往會破壞文學本身。因為文學乃是充分個人化的精神活動，而且是純粹的精神活動，它本來是無須革命的。我一再說，文學是心靈的事業，是一個字一個字從心靈深處流出來的事業，而不是外力可以控制的事業。今天我還要說，即使是推動文學進步的改革活動，即人為拐彎活動，例如「五四」新文學革命和新文化運動，那也是需要靠創作實績才能實現拐彎的。那個時代，固然有陳獨秀的《文學革命論》和胡適的《文學改良芻議》打先鋒，但是，如果沒有之後出現的魯迅新白話小說和胡適、郭沫若的新白話詩，那也實現不了文學的轉折。所以，我提出一個論點，即創作先於轉折。最好是像卡夫卡那樣，先有了《變形記》、《審判》、《城堡》這些創作，然而才談得上從浪漫寫實文學到荒誕文學的轉折。二十年前，我和李澤厚先生發表長篇對話錄《告別革命》，不再認同「革命是歷史的火車頭」這種理念；今天，我還可以補充說，革命也不是文學轉折的動因，即不是文學發展的火車頭。創造文學拐點的人，畢竟是那些真正的作家與詩

人。雨果、濟慈、拜倫、雪萊、卡夫卡等等，他們都先是文學創造者，然後才是文學轉折的代表性人物。

五‧作家個體創作的拐點

上邊所說，均是文學整個的轉折拐彎現象，即多少帶有「文學思潮」與「文學風氣」的特點。下邊要說的，不是文學整體現象，而是作家、詩人個體的拐點與轉折點。

作家、詩人個體，他們的文學創作中，或由於國家變故，或由於個體人生變故，也會發生大拐彎與大轉折。而轉折的方向有朝前進步而更輝煌的，也有朝後退步而彷徨無地甚至一落千丈的。

前者可以李煜為代表。他原是南唐君主，在宮廷中寫詩填詞，但是當時他或為太子或為國君，過的日子都是征歌逐舞、沉湎聲音，所寫的也都是艷情與傷情，內容平庸，脂粉氣很重，與花間派詞的基調沒有多大差別。南唐被宋滅後，他的個體人生隨著「國家」發生巨大變故，從帝王變成囚徒，因此，其詞風也發生了大轉折。亡國之前，他的詞可以《玉樓春》、《菩薩蠻》為代表，前者云：「晚妝初了明肌雪，春殿嬪娥魚貫列。笙簫吹斷水雲間，重按霓裳歌遍徹。　臨

風誰更飄香屑，醉拍闌干情味切。歸時休放燭花紅，待踏馬蹄清夜月。」後者寫道：「花明月暗籠輕霧，今宵好向郎邊去。剗襪步香階，手提金縷鞋。　畫堂南畔見，一向偎人顫。奴為出來難，教君恣意憐。」這首詩寫的是他與小周后的月夜幽會。深院邂逅，席間調情，卿卿我我，依依難捨。說到底，也只是艷情艷詞。而亡國之後，李煜詞則一掃前期的娘娘腔，把家國的苦難與天下蒼生的苦難連在一起，如基督、釋迦那樣擔負起人間罪惡，所以才寫出「問君能有幾多愁，恰似一江春水向東流」這樣驚天地、泣鬼神的詩句。李煜詞的拐點是「亡國」，亡國導致他從帝王變囚徒的巨大落差，這種落差又進入他的心靈，促成他的心靈轉折，最後又化為詞風的轉折。

李煜人生與詞作的拐點是非常積極的拐點。中國人常說的「國家不幸詩家幸」在他身上全都應驗了。但也有國家變故與人生變故造成消極的拐點的。例如張愛玲，她在一九四九年之前，於青年時代就寫出《金鎖記》與《傾城之戀》等天才之作。可是，一九四九年之後，她彷徨無地，逃離大陸到香港後，為生活所迫，不得不放棄原來的「美學立場」，拐到她原先反對的立場上去，用政治話語取代文學話語，寫了《秧歌》與《赤地之戀》，把自己的作品變成反

共宣傳品，其創作再也沒有文學價值可言。張愛玲這一拐彎，雖然是為生活所迫，但讓人感到可惜。她的拐點顯然是失敗的拐點。與之相似，丁玲在另一個方向上也拐了個彎。她原先以《莎菲女士的日記》成名，到了一九四七年，為了迎合政治需要，寫了《太陽照在桑干河上》，圖解土地改革政策，無論是描寫地主還是貧下中農，均從理念出發，無血無肉，整部小說成為政治意識形態的形象轉述。

今天講述「文學的拐點」，目的是給同學們提供一個新的視點，即新的觀察點。

文
學
的
制
高
點

一 · 文學高峰現象

　　文學的制高點，是指文學的高峰。這是每個作家所追求的目標。作家的立志，立的便是「高峰之志」。作家的夢，也是「高峰夢」。「會當凌絕頂，一覽眾山小。」這是杜甫歌詠泰山的詩。我們今天所講述的，正是什麼才算登上了文學的「絕頂」，作家怎樣才能登上文學的「絕頂」。

　　什麼是文學的高峰？凡是能夠代表一個民族或整體人類的精神水準，並能夠成為一個民族或整個人類共同仰慕、閱讀、長久傳頌的文學經典，都可稱為「文學高峰」，或「文學制高點」。例如荷馬的史詩（《伊利亞特》與《奧德賽》），古希臘的悲劇（《俄狄浦斯王》等），但丁的《神曲》，塞萬提斯的《堂吉訶德》，莎士比亞的四大悲劇，巴爾札克的《人間喜劇》，雨果的《悲慘世界》，拜倫的《唐·璜》，歌德的《浮士德》，托爾斯泰的《戰爭與和平》，陀思妥耶夫斯基的《卡拉馬佐夫兄弟》，卡夫卡的《變形記》，貝克特的《等待戈多》，等等。這些都是世界文學公認的高峰。中國文學的高峰，則有《詩經》、《楚辭》、漢賦、唐詩、宋詞、元曲、明清小說等。就詩人、作家而言，則有屈原、陶淵明、李白、杜甫、李煜、蘇

東坡、湯顯祖、吳承恩、曹雪芹等，這些名字都標誌著文學的制高點。如果我們再進行分類，那麼，可以說，中國的貴族文學，高峰有屈原、李煜、曹雪芹等三座，山林文學的高峰則是陶淵明、王維、孟浩然等。倘若再細分，那麼，中國的愛情詩、邊塞詩、頌歌、輓歌等都有自己的高峰。詩有詩的高峰，詞有詞的高峰，散文有散文的高峰，小說有小說的高峰。

二・文學高峰有無標準？

那麼，高峰有沒有標準？更具體地問：有沒有客觀標準？有人認為，沒有。中國有句話說：「情人眼裡出西施。」也就是說，對美人的判斷是主觀的。對文學的判斷也是如此，各有各的評判標準和審美趣味。古人說「燕瘦環肥」，講的是漢代以「瘦」為美，認為像趙飛燕那樣瘦才算美；到了唐代，則以「胖」為美，認定唯有像楊玉環那麼「肥」才美。宋以後又不喜肥，甚至認為瘦得有點病態才美，《紅樓夢》中的林黛玉十分瘦弱，而且有肺癆病，卻被許多人認定為絕世美人。托爾斯泰不喜歡強悍的女人，他認為理想的女人應當瘦弱，甚至常常有點病。可見，審美帶有主觀性，而且有動態性（即有變遷）。魯迅說，對於同

樣一部《紅樓夢》，革命家看到的是「排滿」，道學家看到的是「淫」，賈寶玉看到的是許多人的「死亡」。莎士比亞是世界公認的文學高峰，但另一位偉大作家托爾斯泰卻不喜歡莎士比亞，他批評莎士比亞筆下的人物說的話都是一個腔調，連僕人口裡的語言也如詩歌。可見，兩位文豪之間的審美標準是何等不同。後人猜測托爾斯泰排斥莎士比亞的種種原因。我說過，可能是兩個。一是托爾斯泰不滿莎士比亞對基督教的輕蔑態度；二是守持寫實主義的托爾斯泰不滿莎士比亞的浪漫筆調。總之，美學是「有人美學」，而非「無人美學」。因為有「人」，才有善惡之分，美醜之分，這乃是真理。說美具有純粹客觀性，這不對。

然而，美與文學就沒有客觀標準了嗎？高峰沒有客觀標準嗎？不。那些經過大浪淘沙，經過時間淘汰而讓千百代人所喜愛的作品，例如李白、杜甫、蘇東坡的詩，例如李後主的詞，例如《西遊記》、《紅樓夢》等小說，大家都喜歡，批評抹不掉，它們確實有種永恆的魅力。這裡，實際上有種客觀標準在起作用。

那麼，什麼是衡量「高峰」（經典）的客觀標準呢？意大利著名的小說家卡爾維諾提出了關於經典的十三個標準，我在《文學常識二十二講》裡已引述過。他的論述最值得注意的，是說經典可以「不斷重讀」，

即常讀常新。也就是說，經典是那些經得起不斷進行審美再創造的作品。

　　近日，韓少功先生到我校作學術訪問。這期間，他到中文大學作了演講，說經典有三個標準：一是「原創的難度」，二是「價值的高度」，三是「共鳴的廣度」。我對「三度」解釋道，原創的難度，只要想想喬伊斯的《尤利西斯》和吳承恩的《西遊記》就明白了。《尤利西斯》一掃過去的創作程序，那麼長的長篇，書寫的僅僅是一天的故事。他還創造了「意識流」的全新寫作方法。難怪一問世就遭到禁錮與排斥。還有《西遊記》，過去的小說，要麼寫「人」，要麼寫「鬼」，而它則把天、地、人、佛、神、鬼、妖怪等全都放入作品，融為浩浩蕩蕩的一爐，真是奇觀。韓少功所講的這三個標準中，我最感興趣的是第三個，即「共鳴的廣度」。所謂共鳴廣度，當然不是指「暢銷量」，不是當下市場的買賣指數。如果是指市場，那麼，莎士比亞與托爾斯泰恐怕都比不上現在年輕的中國網絡作家。我猜想，「共鳴廣度」應該是一個長遠的標準，也就是說，它應該能夠超越歷史時間的阻隔，從而找到廣泛的後世知音。而且，它還能衝破政治、宗教、民族的阻隔而找到各種知音。還有，它應當衝破老年、中年、青年、少年的年齡阻隔和這一代與那

一代的「代溝」，而讓人產生廣泛的共鳴。就政治而言，《共產黨宣言》讓共產黨人喜歡，可是國民黨人不會喜歡，民進黨人也不會喜歡，美國的共和黨與民主黨肯定也都不喜歡。然而，不管是共和黨人還是民主黨人，都會喜歡《羅密歐與朱麗葉》；不管是共產黨人還是國民黨人，都會喜歡《西遊記》、《紅樓夢》。我到意大利的維羅納市，參觀過「羅密歐與朱麗葉」談戀愛的那座房子，那裡的朱麗葉銅塑，已被千百萬參觀者的手指撫摸得胸部金光閃閃。我相信崇仰朱麗葉的人，有各種政治派別的差異，有各種政治理念的差異，有各種民族、宗教的差異。但不同政治黨派與宗教黨派的人都喜歡《羅密歐與朱麗葉》，這便是共鳴。王國維說好詩詞應當「不隔」。「共鳴」也可以理解為「不隔」，文學經典就是那種不為政治、宗教、民族所隔的優秀作品。

為什麼文學可超越政治、宗教、種族而產生廣泛的「共鳴」？就因為普遍的人性。羅密歐與朱麗葉的愛情悲劇，不僅讓共產黨人感到痛惜，也讓國民黨人感到痛惜。國民黨人需要愛情，共產黨人也需要愛情。愛情，戀情，親情，悲情，這是超越宗教與政治的人類共同情感。最激進的政治黨派可以號召人們六親不認，可是最終還是戰勝不了人類的普遍情感。

文學的力量就在這裡。文學的經典確實具有「共鳴的廣度」。

三・中國美學家眼中的文學制高點

中國的美學家，如鍾嶸（《詩品》）和陸機（《文賦》）等，把詩人分為若干等級，並規定了最高等級。今天時間有限，只講兩位現代美學家的高峰尺度。

一是李澤厚先生的高峰尺度。他在講述「審美形態」時，把審美形態分為三級。較低一級的作品只能「悅目悅耳」，中間的一級可以「悅心悅意」，最高的一級則可「悅神悅志」。第一級只是感官的愉悅，屬於生理性愉悅，當然比較低級。第二級則是內心愉悅，屬於心理性愉悅，這就較為高級了。最高級的悅神悅志，完全超越世俗而進入靈魂深處，「心有靈犀一點通」了。他解釋道：

這大概是人類具有的最高級的審美能力了。……悅志悅神卻是在道德的基礎上達到某種超道德的人生感性境界。……所謂「超道德」，並非否定道德，而是一種不受規律包括不受道德規則、更不用說不受自然規律的強制、束縛，卻又符合規

律（包括道德規則與自然規律）的自由感受。悅志悅神與崇高有關，是一種崇高感。

李澤厚先生的這段解釋是在說明，最高級的審美能力和審美感受（這當然包括文學藝術提供的審美感受），應是一種既超越道德又符合道德律和自然律的自由感受。這是超世俗、超人間的與天地相通、與神志共鳴的境界。偉大的作家、詩人，他們要抵達文學的制高點，在精神層面上就得抵達「悅神悅志」的天地境界。這是把文學情感提升到精神的頂端，即只可心領神會而難以口傳的頂端。人們用「說不盡的莎士比亞」來形容莎士比亞，就因為莎士比亞代表文學頂端那種讓人闡釋不盡的精神內涵。

在李澤厚先生之前，朱光潛先生在《談文學》一書中，具體講述了寫作的「四境」，也就是說，寫作也要攀登最高境界。如果說，李先生是從宏觀上把握文學境界，那麼，朱先生則是在微觀上把握文學境界。他說，寫作可分為「四境」，寫作者一般都得歷經這四境而抵達高峰。這四境是「疵境」、「穩境」、「醇境」、「化境」，制高點是「化境」。朱先生的說法，對我們這些剛走進文學之門的學子特別相宜。他以寫字作比喻解釋道：

文學是一種很艱難的藝術，從初學到成家，中間須經過若干步驟，學者必須循序漸進，不可一蹴而就。拿一個比較淺而易見的比喻來講，作文有如寫字。在初學時，筆拿不穩，手腕運用不能自如，所以結體不能端正勻稱，用筆不能平實遒勁，字常是歪的，筆鋒常是笨拙扭曲的。這可以說是「疵境」。

朱先生說，經過不斷練筆，字才能寫得平正工穩，合乎法度，進入「穩境」；再苦練下去，不僅工穩，而且有美感，這便是「醇境」；最後才抵達高峰，進入「化境」。朱先生說：

最高的是「化境」，不但字的藝術成熟了，而且胸襟學問的修養也成熟了，成熟的藝術修養與成熟的胸襟學問的修養融成一片，於是字不但可以見出馴熟的手腕，還可以表現高超的人格；悲歡離合的情調，山川風雲的姿態，哲學宗教的蘊藉，都可以在無形中流露於字裡行間，增加字的韻味。這是包世臣和康有為所稱的「神品」、「妙品」，這種極境只有極少數幸運者才能達到。

朱光潛先生所說的「化境」，也就是我們這堂課所講的「制高點」。無論是李澤厚先生所說的「悅神悅志」之境，還是朱光潛先生所說的「化境」，都告訴我們，寫字，作文，創造經典，道理是相通的。要攀登文學藝術的高峰，首先要從境界上去佔領「制高點」，實現技巧和精神的高度融合，實現手腕、人格、情調、姿態、意蘊、神志的完美合一。

文學的焦慮點

一・文學的焦慮點

不同的人會有不同的焦慮。從事政治的，焦慮的往往是官位坐不穩；從事經濟的，焦慮的往往是企業虧損或工廠倒閉；從事宗教的，焦慮的往往是信徒不真誠；而從事文學、藝術、體育的，焦慮的則是如何突破自己的水平線。如果你有一個作家朋友，而且他是一個好作家，那麼，你問他：你的焦慮是什麼？他大約會回答：如何突破自己，超越自己。

二・何其芳的問題和煩惱

我寄寓的中國社會科學院文學研究所，原來的所長（長時期擔任所長）何其芳，是一位著名詩人，很真誠的作家。他年輕時投奔延安，參加革命，在政治上很受重用，曾擔任朱德的秘書。一九四九年之後，他一方面從事行政工作，一方面繼續從事創作。但是，到了一九五六年，他逐漸產生了一種焦慮，即他發現自己的創作很難突破，因此，他在自己的散文集序言中正式提出一個問題：為什麼我在思想上進步了，但藝術上卻退步了？他的原話如此說：

一個人的生命過去了很多，工作的成績卻很少，這已經是夠不快活的事情了，但更使我抑鬱的還是我發現了這樣一個事實，當我的生活或我的思想發生了大的變化，而且是一種向前邁進的時候，我寫的所謂散文或雜文都好像在藝術上並沒有進步，而且有時甚至還有退步的樣子。

　　何其芳這段話寫於一九五六年，那時他已投身革命將近二十年了。他是誠實的，敢於承認「思想進步，藝術退步」的事實，並為此而難過、苦惱和焦慮。他是真正的詩人，所以焦慮的不是政治地位的陞遷，而是藝術上有無前進。揪住他心靈的，是藝術上退步了。這是真作家的苦惱。

　　何其芳的這種焦慮，可能是一九四九年後的大陸好作家普遍性的焦慮，但很少見到如此坦率的表述。我自己在一九七八年「四人幫」垮台後召開的那次「文代會」上，才有幸聽到許多真誠的表述。那次會議最後的節目是國家領導人的接見。因為領導人未能準時出席，我和一些作家便從站立著等待變成坐下來說話。我身邊是那位寫過《不能走那條路》（著名短篇小說）和長篇小說《黃河東流去》的作家李准。他知道我是文代會主題報告的起草人之一，就主動對我說了

一席極為誠懇的話：「再復同志，你是明白人。而我卻一直當不了明白人，一直在做遵命文學。我知道文學不能這樣寫。不安，痛苦，焦慮，但一落筆，還是按照原來的路子去寫。結果總是原地踏步，寫出來的東西連自己也不想看。」他的這一席話給我很大的震撼。上中學時，我就讀他的小說。他的名聲那麼大，可是心裡卻有那麼重的焦慮。和李准那次相遇，聽李准那席老實話，我想了很久，並知道，老實的作家，他們焦慮的只是自己的作品，自己的水平。對他們來說，外在的名聲並不重要，這就是「文章千古事，得失寸心知」。對於作家來說，折磨寸心的得與失，就是「文章」。

三・焦慮的爆炸與作家的自殺

寫出好作品，突破（超越）自己，這是好作家最內在、最深刻的焦慮。這種焦慮如果長期得不到釋放，就會產生消滅自己（自殺）或面臨深淵的恐懼。有些著名的作家在功成名就之後突然自殺，如蘇聯的馬雅可夫斯基、法捷耶夫，日本的川端康成等。許多人研究他們的死因，但都無法了解他們自殺的最隱秘、最深刻的原因。就以法捷耶夫而言，他原是蘇聯

的一位極為優秀的小說家，其代表作《毀滅》，魯迅譯成中文後自己愛不釋手，給予很高的評價。後來，法捷耶夫又寫出另一代表作《青年近衛軍》。但是，他成了斯大林手下掌管蘇聯文壇的文藝官僚（擔任蘇聯作協總書記）後，其創作卻無法長進，他被困死在自己參與製造的各種囚牢中，其痛苦和焦慮有多深，無人說得清，最後他選擇了自我毀滅。從寫作《毀滅》到走向「自我毀滅」，其道路令人驚心動魄。自我毀滅之前，他給蘇共中央寫了遺書，此信是他內心焦慮的總爆發，說的全是真話、心裡話：

上蒼賦予我巨大的創作才能，我原本應當為創作而生。可是，我像一匹拉車的老馬那樣被驅使著，把所有的精力都消耗在那些誰都會做的平庸的不合理的官僚事務之中。甚至現在當我總結自己一生的時候，多少呵斥、訓斥、訓誨向我襲來，而我本應是我國優秀人民引以為榮的人，因為我具有真正的、質樸的、滲透著共產主義的天才。文學——這新制度的最高產物——已被玷污、戕害、扼殺。暴發戶們在以列寧學說宣誓時他們的自負就已背離偉大的列寧學說，令我對他們完全不信任，因為他們將比暴君斯大林更惡劣。後者還算有知識，而這

些人不學無術。

　　法捷耶夫的遺書值得我們一讀再讀。他作為蘇聯作協領導人，最後走上自我毀滅之路，完全是焦慮發展到極限即焦慮爆炸的結果。他深知自己具有巨大的創作才能，也應當走文學創作之路，然而，那個龐大的政治組織卻壓抑他的才能，讓他陷入平庸的官僚事務之中，他不僅消耗了本可以創造的生命，而且招到其他人的嫉妒與打擊。一個真正的作家對此不能不陷入嚴重的苦悶和焦慮，而這種大苦悶與大焦慮又無處可以解脫，那就只能自殺了。

　　請同學們注意，我國也有一些法捷耶夫式的擁有巨大的創作才能的文藝界領導人，如郭沫若、周揚、張光年等，但他們都缺少法捷耶夫式的巨大文學良心與剛毅的自由精神。為什麼？這正是值得我們深思之處。法捷耶夫於一九五六年自殺，過了十六年，日本獲得諾貝爾文學獎的著名作家川端康成自殺。關於川端康成為什麼自殺，研究的文章很多，有的還歸納說，可能有六種原因：（1）死於病魔纏身，（2）死於安眠藥中毒，（3）死於思想負擔過重，（4）死於精神崩潰和文學危機，（5）死於三島由紀夫自殺的打擊，（6）死於支持秦野競選的失敗。自殺的緣由

往往是綜合性的，上述猜測可能都道破川端康成自殺的部分原因，但我認為，他的自殺肯定與第三點、第四點有關，即所謂思想負擔過重、精神崩潰、文學危機。因為川端康成獲獎後日本舉國慶賀，連裕仁天皇也通過宮廷的一名高級官員和佐籐首相親自打電話表示祝賀。可是，他在盛名之下，其實難副，獲獎之後再也寫不出傳世經典了。他一直堅持唯美主義的創作路向，以虛幻、悲哀、頹廢為自己的創作基石，獲獎後，其頹廢主義加速發展，病態心理和色情描寫更為濃烈，顯然，他已找不到突破自己的出路，於是，便為大苦悶與大焦慮所壓倒。我想，這才是川端康成自殺最內在的原因，至少是重要原因之一。川端康成是一個真正的文學家，他固然為日本的戰敗而憂傷，但一定把文學當作自己的第一生命。文學上發生危機，再也拿不出與自己的盛名相稱的作品，這才是他的第一焦慮。

四‧從焦慮到恐懼

　　文學的焦慮不一定都會導致爆炸，即導致作家自殺。在通常的情況下，「不能超越自己」的焦慮卻會引起好作家的另一種心理變態，這就是恐懼。害怕寫作

原地踏步，害怕創作活力枯竭，害怕生命消失於碌碌無為之中，害怕生活在名聲的陰影之下而靈魂卻未能生長，等等。所有這些「害怕」都是「恐懼」。

我讀曹禺的女兒萬方回憶父親的文章（題為《我的父親曹禺》），發現曹禺晚年內心就產生了「恐懼」。曹禺是我國現代文學史上最卓越、最有成就的作家之一，其戲劇天才幾乎有口皆碑，可是，一九四九年後他的戲劇創作未能突破自己，為此，他常生苦悶。萬方在的回憶文章中如此說：

> 「文化大革命」時期，我爸爸被打倒，被揪鬥。有一段時間，被關在牛棚裡白天掃大街，晚上不能回家。他曾回憶說：「我羨慕街道上隨意路過的人，一字不識的人，沒有一點文化的人，他們真幸福，他們仍然能過著人的生活，沒有被辱罵，被抄家，被奪去一切做人應有的自由和權利。」後來放他回家了，他把自己關在屋裡，能不出門就不出門，吃大量的安眠藥，完全像一個廢人。

> 粉碎「四人幫」後，我爸爸恢復了名譽，擔任了很多職務，參加很多社會活動。但他最想做的是寫出一個好劇本。在他的內心，他始終是一個劇作家，他的頭腦就像被鞭子抽打的陀螺，一刻不停地

轉，我爸爸這一生從來感受不到「知足常樂」和「隨遇而安」的心境。晚年的日子裡，他一直為寫不出東西而痛苦。這種痛苦不像「文革」時期的恐懼那樣咄咄逼人，人人不可倖免。這痛苦是只屬於他自己的。

　　萬方理解她的父親，準確地寫出，曹禺在恢復名譽、重新贏得各種頭銜之後，仍然感到痛苦，這種痛苦是「想寫出一個好劇本」而寫不出來。這是他唯一的焦慮。名譽恢復了，地位恢復了，但這些世俗的東西不能使他快樂，唯有寫出一個好劇本，他才能快樂。萬方甚至道破了「恢復名譽」後父親有一種恐懼，這種恐懼不是「文革」中的那種暴力恐懼，而是他內心難以解脫的痛苦。這便是不能突破自己的痛苦。這個女兒太了解偉大劇作家的父親了。

　　曹禺這種心境，我在卡夫卡身上也早已發現。卡夫卡是個天才。他扭轉了世界文學的槓桿，把以寫實、抒情、浪漫為基調的文學改變成以荒誕為基調的文學。他生前默默無聞，但也默默無聲地洞察著世界與人生。他全身心地投入文學，竟也常常為不能突破自己而感到恐懼。他清醒地認識到，唯有這種恐懼，才是對文學的摯愛與真誠，所以他把這種屬於自己的

恐懼視為內心最美好的部分，並為之傾注全部智慧。
他說：

> 我的本質是：恐懼。
>
> 確實，恐懼是我的一部分，也許是我身上最好的那部分。完全承認恐懼的合理存在，比恐懼本身所要求獲得的還要多，我這麼做並不是由於任何壓力，而是欣喜若狂，將自己的整個身心全部地向它傾注。

卡夫卡這段話裡所講的「恐懼」，乃是內心的焦慮，並非外部的「壓力」。（正如萬方所言，曹禺的痛苦屬於他自己。）可以肯定，這是「突破自己」的焦慮。所以他說這是生命中最好的部分。不錯，有什麼能比憂慮自己的創作如何突破更有價值，更值得引為自豪呢？一個真正的作家、藝術家，他對自己的藝術未能進步會產生焦慮與恐懼，這與那些當不了大官、賺不了大錢而陷入困頓的政客和財主們相比，是何等高貴！何等寶貴！可惜這種內在的焦慮和恐懼感，也是人間最美的情操，快要滅絕了。人們正在瘋狂追求權力、追求財富、追求功名，「世人都說神仙好，唯有金錢忘不了」。人們瘋狂追求榮華富貴，哪能想到另

有一些真正的人，真正的作家和詩人，他們心中卻有另一種焦慮，另一種恐懼。這是文學的焦慮與恐懼，這是何其芳、李准、曹禺、法捷耶夫、川端康成、卡夫卡的焦慮。但願在座的同學們，也永遠只有這種高貴的焦慮，而少有世俗人那種權力、財富、功名的煎熬與痛苦。

文學的死亡點

文學的死亡點，講得輕一些，就是文學的衰亡點。文學是如何死亡的？這個問題看似簡單，其實很先鋒。當然我們講的是廣義的死亡現象，包括文學的衰歇、頹敗、垂危等現象。文學發生敗落現象，有外部原因，也有內部原因。

　　先講外部原因。

一·文學死亡的外部原因

　　第一個外部原因是「組織」。我在與林崗合著的《罪與文學》中這樣說：

　　　　文學是超越的，它的超越首先在於它是個人的。就是說，文學的超越視角首先是一種個人的視角。二十世紀中國文學一個最大的災難就是認為文學是多數人的事業，文學是組織的事業，其實真理恰好在誤解的反面：文學是個人的事業，文學是非組織的事業。因為文學必須直面良知，作家在審視現實、審視人的生活的時候，唯一可以訴諸和依賴的思想以及精神的資源就是良知，而對良知的領悟是不需要任何中介的。無論是多數人意志的中介，還是組織需要的中介，都只能遮蔽和干擾個人對良

知的領悟。一九三五年的歐洲正處於反納粹法西斯的時期，知識界發出組織起來抵抗法西斯的呼籲，可是帕斯捷爾納克卻在同年巴黎召開的國際保衛文化作家代表大會上發言：「我懇求你們，不要組織起來。」他的忠告顯然來源於他被組織起來之後所感受到的個人經驗，來源於他被組織起來之後所面臨的良知的束縛。良知不是來自外面的告知，這和來自外面的告知正確與否不是同一個問題，來自外面的告知有可能是對的，也有可能是錯的，但無論它是對的還是錯的，如果它最終控制了作家的寫作，如果作家最終成了組織裡面的一分子，那麼作家的寫作最終只可能取得世俗功利活動一部分的意義，而不可能取得純粹的文學意義。當作家自覺不自覺地以來自外面的告知作為思想資源進入寫作的時候，他就不是在審視人的生活了，他就不是在擔當塵世現實的審判者的角色，而是塵世當中的一分子，組織裡面的一環節，他的寫作也就是世俗活動了。

這一段內容，是向大家說明，文學是個人的事業，是充分個人化的純粹精神活動，不需要面對組織，只需要面對個人。曾經在一次台灣的會議上，陳

映真先生問我：「集體主義有什麼不好？」我解釋說，集體主義會導致組織，進而導致文學的衰亡。組織，包括集團、黨派、山寨、團伙，《水滸傳》裡的水泊梁山是組織，《三國演義》裡的桃園結義也是組織，都是要共圖大業。組織一定有集團利益，一定是排座次、講等級這類功利的遊戲，但文學恰恰不能這樣。請同學們注意，我特別引用《日瓦戈醫生》的作者帕斯捷爾納克的呼籲：「我懇求你們，不要組織起來。」他最懂得文學，知道「組織」對文學意味著什麼。我們可以作個註釋，「組織」意味著管轄，意味著等級，意味著指令，意味著個人寫作自由的喪失。最後，也意味著文學的消亡。

第二個外部原因是「計劃」。文學的「計劃化」，也會使文學走向衰落。海耶克寫的《通向奴役之路》，預言「計劃經濟」一定沒有前途，他認為經濟的計劃化將會導致精神的計劃化，而精神的計劃化又將導致社會活力的窒息。精神的計劃化，在中國表現為「心靈的國有化」。把「心」都交給國家了，哪裡還有什麼個人心靈呢？這不是說個人不能有寫作計劃，而是說不要把寫作納入國家計劃。文學作品按照國家計劃運作，這不是「創作」，而是「機械生產」。創作是良心的外化，最重要的是良心的自由。但是「心靈國有

化」之後，良心也國有化、計劃化了。這怎麼還會有所創造？中國當代作家犯的「心臟病」，就是良心病。

第三個原因是「主義」。文學創作不能從任何主義、概念出發，這也會導致文學的衰亡。高行健先生曾經交給我一部書稿，叫作《沒有主義》，強調寫作不能從意識形態出發。現實主義不是不好，但是加上「社會主義」和「革命」，現實主義就變質了。所以我稱「社會主義現實主義」為「蘇式教條」。現在又出現了「西式教條」，即言必稱「現代性」、「現代主義」、「後現代主義」，很多作家玩弄後現代主義的寫作技巧。我對任何主義和教條都很警惕，無論蘇式、西式、中式。

第四個原因是「養士」。魯迅先生在《詩歌之敵》裡對「豢養文士」提出了尖銳的批判：

豢養文士彷彿是贊助文藝似的，而其實也是敵。宋玉司馬相如之流，就受著這樣的待遇，和後來的權門的「清客」略同，都是位在聲色狗馬之間的玩物。查理九世的言動，更將這事十分透徹地證明了的。他是愛好詩歌的，常給詩人一點酬報，使他們肯做一些好詩，而且時常說：「詩人就像賽跑的馬，所以應該給吃一點好東西。但不可使他們太

肥；太肥，他們就不中用了。」這雖然對於胖子而想兼做詩人的，不算一個好消息，但也確有幾分真實在內。匈牙利最大的抒情詩人彼象飛（A. Petöfi）有題 B.Sz. 夫人照像的詩，大旨說「聽說你使你的丈夫很幸福，我希望不至於此，因為他是苦惱的夜鶯，而今沉默在幸福裡了。苛待他罷，使他因此常常唱出甜美的歌來。」也正是一樣的意思。但不要誤解，以為我是在提倡青年要做好詩，必須在幸福的家庭裡和令夫人天天打架。事情也不盡如此的。相反的例並不少，最顯著的是勃朗寧和他的夫人。

「養士」是權勢者對知識人的收買與利用。知識人為了生存與發展，也就在被「豢養」中出賣了自己的知識與靈魂，放棄了自己的本真角色與寫作初衷。古代養士由個體權勢者「豢養」，現代養士則由國家「豢養」，規模變得異常巨大。蘇聯的作家協會「養」的作家有多少，還待查證；我國現在的職業作家有兩萬多，這是有過報道的。古人說「吃皇帝飯，說皇帝話」，被「養」的作家自然得按主人的意志行事，否則就會丟失飯碗與各種「待遇」。「養士」其實是一種「贖買」政策，用一點小錢購買作家的筆墨。

第五個原因是「市場」。在現代社會中，「市場」

無孔不入，覆蓋一切，連出版社出書也要作「市場評估」，而市場評估一般也大於質量評估。現代西方作家已被市場擠到非常邊緣的地位。中國作家也正在被市場所主宰。

二・文學死亡的內部原因

導致文學死亡的內部原因，即作家主體的原因，大約有以下幾個。

一是作家「太開竅」（即太聰明）。《莊子》裡有一個寓言，講南海之帝（倏）與北海之帝（忽）倆兄弟到中央之帝（渾沌）那裡做客，渾沌盛情款待。倏與忽很感動，說渾沌很好，就是不開竅。於是，用鑿子去幫渾沌開竅，結果渾沌「七日而亡」。渾沌本來活得好好的，一開竅就死了。作家本應保持一點「渾沌」，即保持天真天籟狀態才好。如果作家太聰明、太開竅，就會與渾沌同命運。所謂太開竅，是指對世俗的榮華富貴「太開竅」，拚命追逐權力、財富、功名等。這樣，作家就會喪失自己的本真精神，也就沒有靈魂了。

二是作家「太依附」。作家、詩人最寶貴的精神品格是獨立不倚，即不依附任何集團、黨派、機構，

包括政府，從而擁有靈魂的主權。有了這一前提，才談得上作家主體性和創作的原創性等等。莊子的《逍遙遊》裡提出的核心概念是「有待」與「無待」。所謂有待，就是有依賴，有依附；所謂無待，就是不依賴、不依附。莊子認為自己和列子的區別就在於此。因為他「無待」，所以得大自由。作家、詩人一旦依附性太強，就會失去靈魂的活力。

三是作家「太勢利」。好作家，一定有大慈悲精神，大悲憫精神。而一旦生長出勢利眼，即精於分別，貴貴賤賤，只看重「貴人」，即權勢者，而看不起窮人與弱勢者，其聰明只在於分別敵我，分別貴賤，分別尊卑，分別內外，就不可能愛一切人和理解一切人。作家一旦長出勢利眼，就會喪失作家的基本品格。

四是作家「太無恥」。好作家總是心性正直、耿直、誠實。沒有風骨，怎有風格？沒有真誠，何來境界？作家一旦靈魂崩潰，一心討好權貴，寫作時便只能搖尾乞憐，裝腔作勢。無恥之徒，既不會有社會的同情心，也不會有真實的內心。

創作如果只迎合權貴的胃口，當然不可能正視黑暗，關心民間疾苦，更不可能「直面慘淡的人生」和「正視淋漓的鮮血」。

三‧文學衰亡的抗體

　　文學衰亡的抗體主要有三個。

　　一是心靈的抗體，也即性格抗體。前邊所講的《莊子》裡的故事（渾沌七日而亡），是要保持一點天真、天籟，不開竅的狀態，這是「心靈的抗體」。《射鵰英雄傳》裡的郭靖修煉到有點「傻」的狀態，所以可以學會降龍十八掌；而黃蓉小聰明太多，所以只能學習打狗棒法。《三國誌》裡曹操說「智可及，愚不可及」，意思是說「愚」是很難修煉的。寫作很寂寞，很苦，需要我們保留心靈的天真與質樸。所謂「渾沌」，所謂「傻」，所謂「愚」，都是心靈的抗體。

　　二是性情的抗體，如耿介與正直。俄羅斯思想家別爾嘉耶夫寫過一篇題為《俄羅斯的靈魂》的文章，認為俄羅斯人追求神聖，不追求正直。我認為我們中國人也有這一問題。西方有一個騎士傳統，扶助弱者、尊重婦女的正直傳統。中國要求人成為聖人，因為要求太高，便容易產生偽道德。我翻譯美國總統傑弗遜的一條語錄：「在美國這部大書裡，誠實是它的第一篇章。」作家應該有一點「俠客氣」。正直，這是性情抗體。

　　第三是人格抗體。人格，這是最強大的抗體。作

家、詩人如果擁有高度的人格意識，他就永遠不可征服，不會死亡。所以歌德認為，對於詩人而言，人格就是一切。二○○一年，我在城市大學中國文化中心講述中國的放逐文學，即講述屈原、韓愈、柳宗元、蘇東坡等，講到兩個大詩人的不幸，一是屈原投汨羅江，一是蘇東坡被貶海南之後又被皇帝召回，於北上的路中身體難支而停止呼吸（在常州）。然而，我講到的「文學死亡點」，卻不是他們兩人，而是韓愈。韓愈是當時的文壇領袖，京城高官，因「諫迎佛骨」而得罪了皇帝，被貶為潮州刺史。韓愈在丟掉京官烏紗帽的同時，更讓我們後人痛惜的是，他也丟失了詩人的靈魂和作家的尊嚴。他在《履霜操》裡竟然哭求皇帝，稱皇上為父母，說兒女如有罪，理應打罵，但怎麼能把兒女逐出家園、讓他置身荒野之中漂泊呢？原詩如下：

父兮兒寒，母兮兒饑。兒罪當笞，逐兒何為。
兒在中野，以宿以處。四無人聲，誰與兒語。
兒寒何衣，兒饑何食。兒行於野，履霜以足。
母生眾兒，有母憐之。獨無母憐，兒寧不悲？

韓愈的這首詩，除了哭泣、哀求、極盡可憐狀、

說盡可憐語，沒有別的。讀了這首詩，我們只能感慨：韓愈死了，詩魂死了，文心死了，文學死了。此時此刻，我們才真正見到「文學的死亡點」。我一再說，文學是心靈的事業。文學走到韓愈這個地步，心靈全無，骨氣全無，人格全無，真的死了。而屈原投江自殺，則用自己的身亡，激發更多讀者對屈詩的閱讀與思考，即以自葬性的「無」，產生了更豐富的「有」。所以屈原身體雖死，其心靈卻更加輝煌，其詩也永存永在。而蘇東坡，對於自己的被放逐，從未向皇帝說過一句乞憐之語，相反，他對自己被流放感到很自豪，寫下這樣的詩句：「九死南荒吾不恨，茲游奇絕冠平生。」愈受壓迫，心靈愈強，詩文愈美。韓與蘇，同樣被流放嶺南，但表現出兩種截然不同的人格。蘇東坡憑借身上強大的人格抗體，守持詩人的強大心靈，讓文學大放光彩。而韓愈本是文章高手，可惜身上缺少人格抗體，皇帝一道命令就讓他喪魂失魄，丟了詩人應有的尊嚴，讓文學蒙羞。可見，文學的存亡，還是取決於作家主體自身。自身強，則文學在；自身衰，則文學亡。

文學的交合點

一‧兩種新文類的啟迪

今天講述的「交合點」，是我三十年前就思考的一個題目。那時讀魯迅的雜文，覺得文學史上並無「雜文」這一文類。這種新文類乃是魯迅的創造，是他把文學（散文）與政論、時論、時評「嫁接」的結果，也可以說是散文與政論、時論、時評的交合。交合、嫁接而產生另一種「質」，這是文學的一種大現象，可以作專題研究，既可寫一篇論文，也可以寫一本學術專著。

雜文產生之後，有人並不承認這是「文學」，但魯迅說，這不要緊，終有一天，文學殿堂會接納這種新文類。在雜文逐漸興盛的時候，又興起另一種新文類，名為「報告文學」，鄒韜奮、范長江、劉賓雁等，都是寫報告文學的高手，名滿天下。面對報告文學，我又想起「交合」、「嫁接」現象，覺得報告文學乃是文學與新聞交合的結果。但它不是新聞，而是文學，因為新聞不可帶有感情，而報告文學則充滿生命激情，文本中洋溢著寫作者的思想與感憤。因為報告文學，我進入了「文學交合點」的思索，後來因為環境變遷，我沒有寫下論文就出國了。今天重拾這個題目，完全是課堂所逼，但我並不打算作大文章，只是

把自己對於文學交合、嫁接現象的思索向同學們表述一下，希望在座的有心人以後能寫出生動的專著。

二‧「交合」現象古已有之

我所講述的文學交合現象，即「文學的交合點」，是指文學與其他學科或稱其他精神價值創造樣式的交合，例如文學與歷史、哲學、科學、心學、心理學甚至佛學等的交合。這種交合現象，在中國很早就有。大家所熟知的偉大著作，司馬遷的《史記》，就是文學與歷史的嫁接。《史記》，重心是史，即首先是偉大的史學著作，但誰也不能否認它的巨大文學性，尤其是其中的人物本紀與人物列傳。以《項羽本紀》為例，這篇本紀的基石即基本材料是歷史，但是，所描寫的主人公（項羽）卻栩栩如生，有血有肉，完全可以當作文學作品來讀。項羽的故事，後來被編成「霸王別姬」、「鴻門宴」等著名戲劇，全是這篇本紀提供的基礎。尤其讓後人驚訝的是，項羽的許多生命細節，肯定是司馬遷的補充與想像，例如項羽最後兵敗而跑到烏江岸邊的一節描述，可謂「不是文學，勝似文學」。我們不妨把這一節文本細讀一下：

於是項王乃欲東渡烏江。烏江亭長檥船待，謂
項王曰：「江東雖小，地方千里，眾數十萬人，亦
足王也。願大王急渡。今獨臣有船，漢軍至，無以
渡。」項王笑曰：「天之亡我，我何渡為！且籍與
江東子弟八千人渡江而西，今無一人還，縱江東父
兄憐而王我，我何面目見之？縱彼不言，籍獨不愧
於心乎？」乃謂亭長曰：「吾知公長者。吾騎此馬
五歲，所當無敵，嘗一日行千里，不忍殺之，以賜
公。」乃令騎皆下馬步行，持短兵接戰。獨籍所殺
漢軍數百人。項王身亦被十餘創，顧見漢騎司馬呂
馬童，曰：「若非吾故人乎？」馬童面之，指王翳
曰：「此項王也。」項王乃曰：「吾聞漢購我頭千金，
邑萬戶，吾為若德。」乃自刎而死。王翳取其頭，
餘騎相蹂踐爭項王，相殺者數十人。最其後，郎中
騎楊喜、騎司馬呂馬童，郎中呂勝、楊武，各得其
一體。五人共會其體，皆是。故分其地為五：封呂
馬童為中水侯，封王翳為杜衍侯，封楊喜為赤泉
侯，封楊武為吳防侯，封呂勝為涅陽侯。

　　如果司馬遷把《史記》作為純粹史書，那麼，寫
到項羽的「窮途末路」，只需寥寥數語：「項羽在烏江
岸停留片刻，覺得自己已無顏再見江東父老，便拔劍

自刎。」但是，司馬遷使用文學之筆，著力渲染了這一情節：寫了烏江亭長的勸慰；寫了項羽對亭長的訴說（訴說中端出自己全部的真實心理）；還寫了項羽把伴己征戰五年的愛騎贈送給亭長後，步行力戰，自刎而死；又寫了漢騎司馬呂馬童等爭相分屍，以覓封侯。短短的四五百字，寫出了英雄末路與英雄悲歌，既悲壯又淒涼，既有英雄氣概，又有英雄情誼，並非只有史實。這節文本，既有史料價值，也可作文學文本閱讀。《史記》為我們提供了文學與史學嫁接的成功範例。

文學既可與史學嫁接，也可與哲學嫁接。可以說，卡夫卡和他之後的現代文學主流，即所謂「荒誕文學」，全是文學與哲學嫁接的結果。貝克特、尤奈斯庫、品特、高行健等，全都得益於文學與哲學的交合。台灣大學的戲劇研究專家胡耀恆教授說「高行健的戲劇是哲學戲」，完全正確。高行健的戲劇，從《車站》、《彼岸》到《對話與反詰》以至《夜遊神》、《叩問死亡》，都是哲學與文學的交合。高行健之前，貝克特的《等待戈多》、尤奈斯庫的《犀牛》等，也都是哲學與文學並舉。其基調已不是什麼「抒情」，也不是什麼「言志」。整部戲劇，唯有作者對荒誕世界的深刻認知，這種認知，既有意象性，又有哲學性。

重心是思想，而非情感。從卡夫卡、貝克特到品特、高行健，我們可以看到文學與哲學交合的力量——它可以改變文學世界的基調，獨創一片文學的新天地。

三．中國文學經典的「嫁接」奇觀

如果說，《史記》是史學與文學的交合奇觀，那麼，《西遊記》便是文學與佛學的嫁接奇觀，而《紅樓夢》，則是文學與心學的嫁接奇觀。

如果沒有佛學的東傳，就不會有《西遊記》。《西遊記》是中國在《易經》、《山海經》之後出現的奇書，其主角既是人，又是非人；既是妖，又是非妖；既是神魔，又非神魔。孫悟空隨同師父唐僧到西天取經，從取經的起點到終點，全是「佛學」的邏輯。《西遊記》中的如來佛祖最有力量，但並不是絕對的「救世主」。佛界的代表觀音菩薩，具體地幫助指引唐僧、孫悟空師徒戰勝種種艱難困苦而贏得取經的勝利，她是神（佛學），但又充滿人性人情（文學）。孫悟空本事高強，具有神魔的本領；但又至真至善，擁有佛心與童心；他還是一個人，具有人的頑皮和理想。沒有文學，產生不了孫悟空；沒有佛學，也產生不了孫悟空。孫悟空是人與佛的交合，整部《西遊記》也是人

與佛的交合。

《紅樓夢》與《西遊記》一樣，全書佛光普照，童心磅礴。《西遊記》的產生仰仗佛教的東傳，《紅樓夢》也是仰仗佛教的東傳。但相對而言，《西遊記》的全書浸透的全是佛學，而《紅樓夢》浸透的則是心學。所以我說，《紅樓夢》是《傳習錄》（王陽明著）之後最偉大的心學作品，區別只在於前者為思辨性心學，後者則是意象性心學。《紅樓夢》的主人公賈寶玉，與其說是一個「人」，不如說是一顆「心」——世界文學史上前所未有的最純粹的心靈，如同創世紀第一個早晨誕生的毫無塵土的心靈。如果把賈寶玉視為「人」，我們會把他界定為貴族子弟，花花公子，會覺得他喜歡詩詞聲色是「不務正業」，從而覺得他的「問題」很多，不足為訓。而如果把他視為一顆「心」，則會發現這顆心出淤泥而不染，心中所思所想，與世俗人全然不同。這顆心沒有仇恨功能，沒有嫉妒功能，沒有報復功能，沒有算計功能。這顆心，是一個無邊無際的宇宙，能容天地萬物，能容一切人，能理解和寬恕一切人。因為他是一顆「心」，所以它不具有世俗那一些分別性的概念，不知有貴賤之分，高低之分，主奴之分。所以他平等地看待「下人」與「主人」，甘願充當晴雯、鴛鴦這些奴婢的「神瑛侍者」（不只充

當林黛玉等貴族少女的神瑛侍者）。賈寶玉的人生，只有兒童時代，少年時代和青年時代，沒有中年時代與老年時代。所以我們看到的賈寶玉心靈，只有青春氣息和宇宙氣息。心中除了充斥「愛」之外，絕無其他。

四・文學與科學交合的新成果

我們講過文學與科學的差別。區分這種差別並不難。但是這一課卻要講述文學與科學也可以交合與嫁接。

在魯迅的時代，魯迅特別介紹法國「科幻小說之父」凡爾納的《月界旅行》與《地底旅行》。文學與科學的交合，最重要的成果就是產生科幻小說。如果我們守持文學上的教條主義，可能會排斥科幻小說，因為它寫的根本不是「現實世界」（當然也談不上反映現實生活），而是未來世界。書中的人物，也不是有血有肉的「現實人」，而是作者想像中的「科技人」。這種科技人的活動空間既超越傳統小說的生存處境，也超越武俠小說的「江湖」環境。它的英雄也並非現實英雄或江湖英雄，而是科技英雄。如果死守「文學是人學」的定義，那麼，科幻小說就很難歸結為

文學。然而，如果不用現成的文學定義苛求文學，而使用我所說的「心靈、想像力、審美形式」三大要素來審視，那麼，我們又不能不承認，科幻小說完全擁有這三大要素，尤其是想像力，因而會欣然接受科幻小說。

值得注意的是，近年來，無論中國還是西方，科幻小說都取得了長足的發展。其中，美國甚至迎來了科幻小說的黃金時代，在座聽課的羅旭同學，最近在《書屋》發表了一篇談論雷·布萊伯利（美國）《華氏451度》和劉慈欣（中國）《三體》的文章，題為《「反烏托邦」中的人文情懷》，講述的正是美國和中國的兩個具有代表性的科幻作家，他們相隔半個世紀，卻不約而同地通過創作，期待科學技術與人文精神能夠交合與相互理解。雷·布萊伯利的《華氏451度》把「科幻烏托邦」發展為「科幻惡托邦」，對人類社會的反智（反人文）傾向提出警告。而近年出現的中國作家劉慈欣，於二〇〇六年發表的科幻長篇小說《三體》，不僅被中國讀者所接受，而且贏得美國的雨果獎（最佳小說獎），精彩地實現了科學文化和文學的交合與嫁接。他有意識地抗爭科學文化與人文文化在精神上的分裂，放入更多的人文情懷。羅旭如此概說《三體》：

三體是指距離地球較近的恆星系統，自三顆類似太陽的恆星交互運行，導致軌道混亂，生存狀況惡劣。當與地球建立聯繫之後，三體世界決定發起宇宙移民，人類社會因此面臨滅頂危機。小說第一部抽絲剝繭地揭開了這一現實，第二、三部則描繪了人類為應付大危機做出的種種努力、掙扎。譬如向全宇宙發射引力波廣播，暴露三體世界坐標，這樣包括地球在內的整個太陽系都會成為宇宙「黑暗森林」的攻擊對象，地球不再安全，三體世界也放棄移民。

　　地球為了自救，甚至發表低智聲明（使用藥物與腦科學技術降低人類的智力），實施技術自殘，即通過技術限制人文發展以拯救地球。這種思路正是把最後的救贖留給人文精神，與文學追求的「終極善」相通。從雷·布萊伯利和劉慈欣的例證中，可以看到，文學與科學的交合所產生的智力挑戰，正是當今人類世界最高的智力思索，也是文學面臨的新課題。《三體》等傑出科幻小說的出現，正在挑戰許多傳統的文學理論和文學定義。

　　縱觀文學的歷史，尤其是現代文學的歷史，我們會發現，許多新的文學門類、文學格局正是文學與其

他學科交合、嫁接的結果，一百年來，我們還看到，文學與心理學的交合產生了普魯斯特《追憶逝水流年》和喬伊斯的《尤利西斯》這種巨型的意識流小說，意識的流動也正是心理的流動。這之後，我們又看到奧威爾的《動物農場》這種轟動全世界的新型小說，這部小說實際上是文學與政治的交合。我們不贊成文學成為政治的工具（包括文學為政治服務的理念），但不否認，政治生活也是現實生活的一部分，政治活動也可以成為文學的一部分內容。奧威爾熟知文學，又熟知政治，他不是把政治凌駕於文學之上，而是把政治變成文學的素材與工具，對政治進行藝術提煉和提升，讓政治充分文學化。整部小說書寫的全是政治，但又全是充分文學藝術化的政治。小說中的兩個營壘：「動物農場」是社會主義國家，「人類農場」是資本主義國家；「動物」是被壓迫、被剝削的一方，「人類」是施行壓迫與剝削的一方。「動物」與「人類」的鬥爭，隱喻被壓迫民眾與被壓迫民族的反抗。可以說，這些都是人們熟知的、司空見慣的政治故事與政治常識。然而，奧威爾把當代這種政治鬥爭設計為動物與人的鬥爭，別開生面。動物農莊裡的角色有豬、狗、馬、奶牛、綿羊、山羊、毛驢、老貓、鴿子、烏鴉、雞、鴨、鵝、麻雀、老鼠、龜子、狐狸等。豬作

為動物農莊的領導階級，發動革命，其骨幹有「老少校」、「拿破侖」、「雪球」、「尖嗓」四口小肉豬，詩人小不點等。這些豬、狗，全被擬人化，最為重要的是，是被充分喜劇化。

文學的審視點

一・文學批評標準的探討

文學的審視點，也可稱文學的觀察點、鑑賞點、批評點，或稱為「文學的衡量點」，總之，講的是文學的鑑賞、接受與批評。

國內文學長期流行的文學批評標準有兩個，第一是政治標準，第二是藝術標準。中國前期當代文學把「政治正確」作為文學的第一審視點，結果是把文學變成政治的附庸，政治的註腳，政治的尾巴，政治的工具，即把文學變成非文學，把詩變成非詩。此一教訓十分慘痛。

針對這一錯誤標準，我在上世紀八十年代初，通過闡釋魯迅的美學思想（參見拙著《魯迅美學思想論稿》），提出文學批評應持另外三個審視點，即真、善、美。這在當時語境下，對於瓦解「政治第一」的僵化批評確實起了作用，也大體上可以成為文學鑑賞與文學批評的一種尺度。然而，這三個審視點畢竟過於籠統。首先，對於文學的真、善、美要求，與世俗世界常說的「真、善、美」很容易混淆。世俗所講的真，常是肉眼可見、嗅覺可聞之類的真，是媒體記者所記的真（即真人真事），但文學上的「真」，則要複雜得多。它並非要求「形」之真，而是要求「神」之

真。用當代作家閻連科的話說，它要求的真實，並非「現實」，而是「神實」。馮友蘭先生作為哲學家，他把「真」分解為「真際」與「實際」，強調的是共性之際而非個性之際，這雖與文學的強調點不同，但我們可借用這對概念來說明文學之「真」所求乃是「真際」，而非「實際」。原先在國內流行的反映論，從現實主義出發，當然也要求要真實地反映生活，本無可厚非，但它後來變質了。首先，它分不清「真際」和「實際」，總是要求反映「實際」，而對於反映人性真髓和人類生存環境「真際」的作品卻往往誤判為毒草，從而造成「反映論」遠離文學的本性。更為糟糕的是，當時所講的「反映論」還要加上一個政治意識形態的前提，即在「現實主義」的頭上加一個「社會主義」帽子，這樣，現實主義也變成了非現實主義；反映的現實，也只能是社會主義絕對理念下的「實際」，即所謂兩個階級、兩條道路、兩條路線鬥爭的「實際」，所以中國前期當代文學並不真實，英雄皆帶「假面具」，現實均有「偽聲音」。還有，什麼是善？我在寫作《魯迅美學思想論稿》時受到普列漢諾夫的影響，把「善」解釋為「現實功利」，這也錯了。文學就其本性而言，它恰恰是超功利。唯有揚棄功利目的，不求淺近的實用價值，文學才有自由。文學寫作

的最高境界乃是「無目的」寫作。但文學藝術也自然向「善」，這種善是最廣義的「善」，終極的「善」，即人類的生存、延續、發展意義上的「善」。文學只要蘊含這種「善」即可。偉大的文學作品都有大慈悲、大悲憫精神，都有大同情心，就是因為它含有這種最廣義的善。如果把「善」世俗化、狹義化，用現實某種黨派、集團（包括宮廷、帝王）的功利要求作為文學「善」的要求，那就會在作品中設置「道德法庭」，例如包公，例如李逵，其刀斧就一定會殺戮真實的人性。文學上的「美」也極為複雜，它並不是世俗世界裡那些「美的規範」所確立的美的標準，而是普通人性所嚮往的「共同理式」。世俗眼裡的所謂「壞人」、「丑角」例如小偷、妓女等，進入文學之後就不是簡單的壞人、丑角。哪怕是胡傳魁、座山雕這樣的「階級敵人」，一旦進入文學，就變成「喜劇人物」，而喜劇人物也有審美價值。所以我一再說，文學不可設置政治法庭、道德法庭，只能有審美法庭。即審視點不可以是「好人壞人」、「敵人友人」，而是「悲劇人物」、「喜劇人物」、「荒誕人物」等。我們講述的審視點，是文學美學的「審視點」，不是政治審視點，也不是道德審視點。

二・林崗的批評三尺度

以真、善、美作為批評尺度，顯得籠統，即缺少批評的明晰性。那麼，我們是否可以再具體一些，找到批評的審視點呢？對此，我留心多年，才發現我的好友林崗所寫的《什麼是偉大的文學》一文，最有見解，從根本上給我啟迪。他提出批評應持三個尺度：一是「句子之美」，二是「隱喻之深」，三是「人性之真」。

關於第一點，林崗說：

> 句子不是小事情。儘管到目前為止批評理論沒有涉及句子問題，批評實踐也幾乎不去理會，但那是批評家的失敗，不是作家的失敗。如果以生命來比喻一個文本，那句子就是它的細胞。細胞的健康程度也許不能直接等同於機體的健康程度，但卻很難想像一個充滿生命活力的機體能夠由不健康的甚至是病態的細胞來組成。文學是有修辭色彩的語言。一句話，但凡它沾染上修辭特徵或經過修辭，都會帶上文學色彩。所以文學性總是首先沉澱在句子裡的，美感也首先顯現在句子裡。在古代，作家被稱為才士或才子，在這個引無數才子競折腰的文

學王國裡，才子們要競的第一樣本領，就是句子。古代中國是一個詩的國度，詩句的佳劣直接關乎詩的成敗。好詩句為好詩的第一義，明白這個道理的人總是很多的。所謂「吟得一個字，撚斷數莖須」，就是這個意思。今詞「推敲」即來源於賈島驢背苦吟不知用「推」好還是用「敲」好的典故。也許有人會說，這些「苦吟派」因為文才不夠，若是文才橫溢，如趙翼《甌北詩話》讚蘇軾「天生健筆一枝，爽如哀梨，快如並剪，有必達之隱，無難顯之情」，則何須苦吟？話雖如此，但爭論不在要不要苦吟，而是好句子是否好文學的第一義？文才橫溢，如李白那樣，信筆拈來即橫空出世，當然無須苦吟。但若才華夠不上橫溢而又寫詩作文，不著意經營句子，不在一字一句上下功夫而欲傳之不朽，無異緣木求魚。古人有「詩眼」「文眼」的說法，所謂「詩眼」「文眼」就是一句或一篇之中的點睛之筆。以點睛之筆帶出全句或全篇的神氣，能帶出全篇神氣的「詩眼」「文眼」就是一篇之中的好句子。由此可以推斷，雖不能百分之百正確，但大體不離左右，那些無眼之詩和無眼之文就是平庸之詩和平庸之文。

林崗提出的第二個「尺度」，前人未曾涉及，更

有真見解。他說：

　　文學尤其是敘述性的文學，作者雖然可以天馬行空神遊九霄，但其所敘述都離不開具體的社會時空，文學究竟是怎樣跨越時空傳諸無窮的？或者換句話，那些偉大的文學是怎樣跨越社會時空被後世讀者喜愛的？這種跨越時空的共鳴現象落實到偉大的作品究竟藏有什麼秘密？筆者以為，豐富而深刻的隱喻至關重要，它是偉大的文學不可缺少的另一項品質，隱喻性的豐富和深刻程度是衡量文本高下的又一個尺度。人們通常將隱喻作為文學修辭的手法之一，這當然是正確的。然而僅僅當作修辭手法，這未免是對文學的理解膚淺了，遠遠不夠。好的文本都有似乎相反的兩面性：一面是具體的、形而下的，另一面是普遍的、形而上的，它們完美無缺地融合於文本。這種兩面性，用康德的語言來表達，──我們對它們的思考越是深沉和持久，它們就越是喚起我們內心的驚奇和崇敬之情。應該說，這是有些神秘主義的，我們不清楚它們為什麼是這樣的，理智不能窮盡，可偉大的文本就是這樣。為行文的方便，舉《孔乙己》裡面一個細節做例子。孔乙己教小跑堂「我」茴香豆的茴字怎麼寫，小跑

堂一臉不屑，「懶懶地答他道，『誰要你教，不是草頭底下一個來回的回字麼？』孔乙己顯出極高興的樣子，將兩個指頭的長指甲敲著櫃檯，點頭說，『對呀對呀！……回字有四樣寫法，你知道麼？』」「回字有四樣寫法」一句，極其貼切孔乙己的身份、教養、學識，甚至性格，非孔乙己不能說出。這個便是文本的具體、形而下一面。然而又正是這個具體和形而下的細節，傳出了所有不能與時俱進、悖逆潮流，甚至冥頑不化者的神韻。而這後一面又是普遍的、形而上的文本面相。因為不能與時俱進者、冥頑不化者無代無之，尤其處於社會急速變遷的世代，於是讀者可以從中照見他人，照見自己。《孔乙己》發表於 1919 年，至今將近百年。當時魯迅就說「大約孔乙己的確死了」。然而他又對又錯。那個科舉時代造就的具體的孔乙己是死了，然而那個屬於一切時代不能與時俱進者的孔乙己還沒死。說實話，每當筆者在講堂口若懸河叨念著晚清文學如何如何變遷的陳年舊賬，對著的卻是一片呆若木雞或刷屏玩微信的莘莘學子，我就懷疑自己講的是不是當代版的「回字有四樣寫法」。台下的學生眼大無神，他們不正是當年那位咸亨酒店小跑堂的傳人麼？無心向學，一心等著將來做掌櫃。而我念念不

忘那些乏人問津的「學術」，不正是隔代的孔乙己麼？不同的是——我只差腿沒有打斷而已。

上述講法或者聊博一笑，問題是好的文本裡具體的、形而下的一面是怎樣和普遍的、形而上的一面聯通的？筆者以為，途徑就是隱喻。這是一種廣義的隱喻。也許作者並沒有明確地運用作為修辭手法的隱喻，但我們可以把文本裡的這兩層之間的聯通，作為隱喻，意在取隱喻由一物通達另一物的修辭關係。敘述性的文本講的都是具體的故事，具體的人物，為什麼絕大部分都只有娛樂的價值或文獻的價值，而不能長久傳世？原因即在於這些文本不能建立這兩個敘述層面的隱喻關係，或者兩層的隱喻關係是生硬的，不高明的。天才的作家總是在不經意間就在文本的具體的、形而下層與普遍的、形而上層之間搭建了絕妙的隱喻關係。

林崗的這一見解，乃是「隱喻」的真理，也是文學批評的真理。但理解兩個敘述層面的聯通，即兩個敘述層面的隱喻關係，並非易事。所以，他又以塞萬提斯的《堂吉訶德》為例，作了說明，尤其精彩的是，他抓住小說中的那個「美人」（杜爾西內婭）形象作了說明：

最能體現塞萬提斯將隱喻意味嵌入堂吉訶德故事用心的，筆者以為是那位堂吉訶德念念不忘又神龍見首不見尾的「杜爾西內婭」。他所以百折不撓屢敗屢戰，就是一心為了獲取這位美人的芳心。可是堂吉訶德連這位美人一丁點兒具體信息都不知道，何方人氏，住在哪裡，統統闕如，甚至連名字也查無實據，只是他一向聲稱如此。每次應戰，只要對手甘拜下風，堂吉訶德都要對手做一件事兒，就是替自己找到這位「杜爾西內婭」，向她報告喜訊。結局當然是不了了之，但他每次都言之鑿鑿，好像真的一樣。不過，別人可以找不到「杜爾西內婭」，她在堂吉訶德心目中卻是千真萬確的存在。她的地位如同上帝一樣，是堂吉訶德精神的統帥，心靈的皇后。有一次，堂吉訶德和路過的旅人議論起騎士。他說遊俠騎士凡準備干仗，「心目中就見到了他的意中人，他應該脈脈含情，抬眼望著她的形象，彷彿用目光去懇求她危急關頭予以庇護。」旅人不同意他的意見，以為騎士不可能人人都在戀愛，都有意中人。堂吉訶德立即反駁：「遊俠騎士哪會沒有意中人呀！他們有意中人，就彷彿天上有星星，同是自然之理。歷史上決找不到沒有意中人的遊俠騎士；沒有意中人，就算不得正規騎士，只是

個雜牌貨色」。塞萬提斯處理堂吉訶德與「杜爾西內婭」的關係，開始的時候，讀者只以為作者又新開一脈，寫堂吉訶德的滑稽可笑，讀著讀著，就會有不一樣的感覺，「杜爾西內婭」甚至不是一個人物形象，而是堂吉訶德血脈、精神、靈魂化身的代稱。滑稽依然滑稽，可滑稽之外增加了一些什麼。隨著情節的推進，「杜爾西內婭」的含義豐富了，改變了。它成了堂吉訶德精神世界的一部分，於是改變了堂吉訶德，使得堂吉訶德與文學史上其他滑稽人物區別開來，他不僅滑稽，而且還被嵌入了隱喻的含義。套用堂吉訶德的說法，要是沒有了「杜爾西內婭」，堂吉訶德在文學形象裡，只不過是個「雜牌貨色」。由於「杜爾西內婭」的照耀，堂吉訶德的滑稽荒唐，變得不僅僅娛情悅意，在娛情悅意之外，充盈著形而上的意味。作為文學形象，堂吉訶德之所以不是「雜牌貨色」，很大程度上是因為塞萬提斯天才之筆所創造的這位「美人」。

林崗的第三尺度是「人性」，他說：

　　衡量文學是否偉大的第三個尺度是作品在多大程度上揭示了人性。當我們將文學理解成人自身

的一面鏡子的時候，從中能照出的其實只是人性。期望文學幫助我們如事實本來那樣理解社會及其歷史，這不是文學能做好的。將正確「反映社會現實」的任務放置文學的肩上，不但文學做不好，反而降低了文學的品質。的確，文學的敘述和描寫多少涉及社會方方面面的情形，如果作家將自己的敘述和描寫以「反映現實」為目的，那麼這樣的文學只會留下一些關於當時社會現實的文獻資料。作家的選擇已經走入迷途，偏離了文學應有的航道。毫無疑問，文學不能信口開河脫離社會現實，但是出色的作家自會將筆下的「社會現實」服從於自己敘述和描寫的意圖，而這個意圖就是揭示人性。不同文學文本的差異在於揭示人性可能抵達的深度和廣度。

三 · 對林崗「三尺」的補說

林崗的「批評三尺」，比我「批評三圈」（真、善、美）顯得更具體、更明晰，也帶有更強的可操作性。我特別欣賞他的第二把尺，即隱喻的深廣度。這是發前人所未發。我相信，林崗的「三尺」擊中了文學批評的要害，道破文學審視的真諦。我想在此基礎

上再作一些闡釋，也許是畫蛇添足，但也許有益於把這「三尺」真的變成文學批評的三個基本「審視點」。

第一，注意句子。也可理解為注意「語言的美感」。「五四」新文化運動，其功勳之一是實現了「言」與「文」的統一，讓文學向底層靠攏，實現「文學奉還」，即把文學交還給廣大民眾。但是，也帶來一個問題，就是把文學的門檻變低了，以致許多人誤認為文學輕而易舉，人人皆可為之，甚至把大量的世俗粗糙語言帶進文學，從而破壞了文學語言的美感。因此，當下作家普遍缺少語言美感意識，不知文學的第一關口乃是「語言美」。因此，林崗提出的「句子美」，我們也可以理解為對語言美感的呼喚，把審視「語言美」當作批評文學的第一審視點。

第二，林崗提出審視「隱喻的內涵」，也可以和「象徵的意蘊」對照思索。什麼是文學？上世紀三十年代魯迅翻譯的日本文學理論家廚川白村的《苦悶的象徵》，把文學定義為「苦悶的象徵」。文學當然可以是苦悶的象徵，但也可以是「歡樂的象徵」、「光明的象徵」、「黑暗的象徵」、「人道的象徵」、「人性的象徵」等。「象徵」二字，其外延與內涵，是比「隱喻」廣闊還是狹窄，至今仍有爭論。有人認為，隱喻包含象徵，即象徵是隱喻的一種。也有人認為，「隱喻」乃是

象徵的一個主要手段。隱喻屬於象徵系統偏重於「暗示」的一面，而象徵則還有「明示」的一面，文學既可以暗示心中的苦悶，也可以明示心中的傷痛。而我則認為，這種爭議正好印證了維特根斯坦的見解。他認為哲學的使命就在於「糾正語言」，「考察概念」，按照他的說法，我們只要把「隱喻」與「象徵」定義好就行。

第三，林崗提出的審視「人性」的「豐富性」、「真實性」，這無疑是顛撲不破的尺度。我在《文學常識二十二講》中也一再強調人性的真實性。然而，我除了強調「人性的真實」之外還強調另一種真實，就是「人類生存處境的真實」。前者偏於主體，後者偏重客體（環境），兩者缺一不可。當然，在此兩種真實中，人性真實還是審視的第一要點。

林崗提出的「批評三尺」，是他對文學批評的一大貢獻。我作了些補正，只是希望於對文學批評標準即對於文學審視點的思考，能夠日益深入。也希望有更多的同學參與到對這一複雜問題的思考中。

文學的回歸點

在文學史上,「回歸」是一種大現象。回歸,有時是文學的策略,有時是文學的主題,有時是作家的自救。我們今天的課程,就講「文學的回歸點」,也可稱為「文學的回歸現象」。

一·文學復興的偉大策略

我們都知道,發生在十五世紀前後的西方文藝復興運動,乃是一次「回歸希臘」的文藝運動。「復興」是目的,「回歸」是策略。

文藝復興運動是針對中世紀的神權統治而發的。那時,「神」統治一切,「人」缺少尊嚴與自由。文學藝術要適應時代的需要,就得從歌頌神變成歌頌人,即把神主體轉變為人主體。因此,文藝復興運動究其實質乃是人的解放運動,即人從神的牢籠中解放出來的運動。但是當時的文學代表人物,並不把矛頭直接指向神,而是採取一種回歸的策略,因此他們便提出「回歸希臘」的口號。希臘時代乃是一個以人為中心的時代,一個審美的時代。回歸希臘乃是「回歸人」。這不是退步,而是進步。

我和林崗合著的《傳統與中國人》對胡適所講的「五四」乃是中國的文藝復興提出了疑義,是因為我們

覺得，中國的「五四」新文化運動與西方的文藝復興運動，其大思路很不相同。西方的大思路是「回歸古典」，而「五四」則是「面向西方的現代」，完全沒有「回歸」的意思。它「打倒孔家店」的思路乃是「打倒古典」，而非「回歸古典」。一九九六年，我和李澤厚先生在繼《告別革命》後又提出「返回古典」的命題，這倒是真的回歸古典。我們認為，歷史前行的思想路線並不一定是從古典走向現代、然後走向「後現代」的統一模式，也可以從現代「返回古典」。所以李澤厚先生在日本作了題為《回歸孔子》的演講。我和李先生的回歸點有所不同，我側重於「回歸六經」，這六經不是孔子、孟子那六經，而是我自訂的「六經」，即《山海經》、《道德經》、《南華經》（莊子）、《六祖壇經》、《金剛經》以及我的文學聖經《紅樓夢》。在我看來，四書五經代表的是中國重倫理、重秩序、重教化的一脈，而我界定的「六經」則代表中國文化重個體、重自然、重自由的一脈。兩脈可以互補。

儘管「五四」的思路不同於西方文藝復興的思路，但是，中國古代的兩次文藝復興與西方文藝復興一路，也是使用「回歸」的策略。一次是唐代的古文運動，一次是宋代的古文運動。

唐代的古文運動乃是由韓愈和柳宗元所代表的

反對六朝駢文的運動。唐之前的六朝（東晉、宋、齊、梁、陳、隋），文風浮靡，代表人物有謝靈運、沈約、謝朓、吳均、謝莊、王融、徐陵、庾信、劉孝綽、江總等人。韓柳的文學理念，強調「重道輕藝」，其目標是「上明三綱，下達五常」。運動主將韓愈用的正是「回歸」策略，他主張思想要回歸古代的儒家，文體要回歸厚實明暢的散體。他以五經子史之書為楷模，連三代、兩漢之書也不足為訓。另一主將柳宗元，全力支持韓愈，但是糾正了韓愈過於重道的偏頗，兼重「文」、「辭」，道德之道與藝術之道並舉。不過，其策略也是回歸，即所謂「參之穀梁氏以厲其氣，參之孟荀以暢其支，參之莊老以肆其端，參之國語以博其趣，參之離騷以致其幽，參之太史以著其潔」，主張回歸到《左傳》、《國語》、《老子》、《莊子》、《孟子》、《荀子》、《離騷》、《史記》為代表的古文中去。此次古文運動乃是中國散文的一次復興。

第二次古文運動，即宋代古文運動，也取得了很大成功。如果說，唐代的古文運動是散文對駢文的勝利，那麼，宋代的古文運動則是自由散文對西崑體的勝利。西崑體代表人物楊億、劉筠、錢惟演等，以李商隱為宗，但只取其艷麗、雕鏤、駢儷的技巧，即只重辭藻華麗、對偶工巧、音律和諧，而忽略其精神

與真情，再次形成語言的浮華之風。針對西昆體的流行，反西昆諸作家（石介、歐陽修等）又打起「回歸」大旗，即回歸儒家道統，將韓愈視為文學典範。

二・文學作品的「回歸」主題

回歸，不僅是文學復興的偉大策略，也一直是文學的一個重要主題。

古希臘史詩《伊利亞特》與《奧德賽》之所以不朽，根本原因是它們概括了人生普遍的兩大經驗——一個是「出征」，一個是「回歸」。這一直讓不同種族、不同地區的人類產生共鳴。《奧德賽》寫的是「回歸」，這部史詩告訴我們，出征之路固然險惡，而回歸之路也充滿艱辛，絕非一帆風順。《伊利亞特》描寫特洛伊戰爭，戰場需要勇敢、智慧、毅力；回歸之路如同「戰爭」，也需要勇敢、智慧、毅力等。特洛伊戰爭面對的敵人是軍隊、戰車、風煙，奧德修斯回歸路上面對的敵人是風暴、海妖、風怪。這是荷馬史詩給予人類的偉大提示。即使時至今天，我們也面臨著出征與回歸，也面臨著雙重的艱難。多少人想「回歸」，但已經「回歸」不了了。不僅西方文學有「回歸」主題，中國文學也有「回歸」主題。中國最偉大的詩

人之一陶淵明，他著名的《歸去來辭》，就是對回歸的覺悟與感悟。它給世世代代中國人指出一條精神之路，這是離開官場而回歸田園的路，也是擺脫心為形役、贏得人格獨立的詩意之路。「歸去來兮，田園將蕪胡不歸？既自以身為形役，奚惆悵而獨悲？實迷途其未遠，知來者之可追。」詩人告訴人們，原先他追求的仕途，雖風風火火，實乃是「迷途」，能從迷途上回歸到生命的本真之路，不再為「五斗米」而折腰，乃是生命的解放。多少人為能謀得一官半職而沾沾自喜、自鳴得意，而陶淵明卻為自己也曾如此糊塗而「自悲」。陶淵明的回歸詩給世人提供一種新的立身態度，他為原來的選擇而悲，為現在的回歸而喜，把回歸之念比作「飛鳥戀舊林，池魚思故淵」，衷心高興，這與王維、孟浩然、儲光羲等詩人的心境大不相同。這些詩人隱居後便惶惶不可終日，他們其實只有「出仕」意識，沒有回歸意識。宋代蘇東坡被貶謫嶺南之後，才深知陶淵明很了不起，陶詩境界無人可比。他為陶淵明作了一百多首和詩，認為自魏晉到唐，無一詩人可以和他相比。蘇東坡在詩裡從不哀歎被流放的「淪落」，反而高唱「九死南荒吾不恨，茲游奇絕冠平生」，也為擺脫官場而喜悅。可見，陶、蘇這兩位偉大詩人都深知「回歸」的偉大意義。

在普遍追求功名、追求財富、追求權力的時代裡，人們相繼為外部價值而走火入魔，在此情此景下，無論是西方還是東方，也都有一些作家、詩人產生了回歸意識，例如英國偉大的小說家哈代所寫的《還鄉》。他對浮華的所謂「現代化」生活採取質疑態度，內心深處始終覺得，人只有從紙醉金迷的浮華中回歸純樸的被大自然所擁抱的鄉土才是出路。後來出現的我國現代作家沈從文，很像哈代，他不羨慕浮華的城市，而嚮往未被城市污染的「邊城」。我一直期待我們的同學會有人寫出哈代與沈從文相互比較的論文。我們還讀到西方的著名詩人波德萊爾和王爾德的一些詩，人們說他們「頹廢」，但仔細讀下去，就會發現他們都有「回歸自然」、「回歸土地」的意識。前些天，我讀北大畢業、現為美國教授的米家路先生的「詩學」巨著《望道與旅程》，第一卷講述二十世紀所有傑出的詩人都有一個主旋律，這就是「還鄉」，也就是「回歸」。可見，「回歸」基調對於詩人，何等重要。

三・作家心性的回歸點

除了文本的「回歸」之外，還有一個作家主體心

性的回歸，值得注意。

　　大作家一定有自身的「回歸」秘密。他們多數到了年老之後仍然保持童心、好奇心，這便是他們實現了向兒童時代、兒童心性的回歸。

　　我國先秦時期的偉大哲學家老子，在《道德經》中講述了三個回歸點，即「復歸於嬰兒」，「復歸於樸」，「復歸於無極」。這三個回歸點，是對所有人講的，但它尤其應當成為老作家的回歸點。這三個回歸點，是作家保持「本真角色」的訣竅，極為精闢，也極為要緊。我二〇〇〇年在城市大學中國文化中心講解《道德經》時，就講述了這三個回歸。

　　首先應當「回歸嬰兒」。回歸嬰兒就是回歸童心，回歸赤子之心，回歸兒童時代的好奇心。我一再說，作家、詩人最可以引為自豪的，是他們至死都保持一顆童心，即赤子之心。誰都會衰老，這是無法抗拒的，然而，身老不等於心也老。心靈狀態可以永遠保持兒童狀態與青春狀態，但這種保持不是「自動」的，它需要人與作家作出努力。我認為童心（嬰兒之心）應表現在兩個方面，一是「赤子之心」，即遠離世俗功利功名的單純之心。孩子最可貴的是不知功名利祿為何物，不知榮華富貴為何處。他們就喜歡「玩」，喜歡「遊戲」，對世間萬物樣樣好奇，因此，童心的

另一表現便是「好奇心」。我還要再說，作家身上總是存有兩個角色，一是世俗角色，一是本真角色。倘若要守持本真角色，那就是年長年老之後，仍然保持一種嬰兒狀態。這一點，也是「知易行難」，說容易，做起來不容易。大科學家牛頓說他永遠是海灘上拾貝殼的小孩。科學家有此心態，詩人作家更應當有此心態。

其次應當「復歸於樸」。過去只講回歸質樸的生活，這當然對。我們的時代是歷史上最奢侈的時代，更應當注意這一點。除了回歸質樸生活之外，我還作了補充，還要回歸到質樸的內心和質樸的語言。人有權力、財富、功名之後，最難得的是什麼？就是回歸質樸的內心。質樸的內心便是誠實、正直、耿介之心，有好說好，有壞說壞，該說就說，不情願說就不說。不拐彎抹角，更不口是心非。此外，還要回歸質樸的語言。我們的語言，在「文化大革命」中遭到很大的破壞，浮誇、暴虐、虛假等病毒，嚴重入侵了我們的語言，一個「最」變成三五個「最」，一個「偉大」變成四個「偉大」，語言的浮腫病與思想的貧血病同時發生，因此，回歸質樸的語言成了迫切之需。尤其是文學，更應當回歸到質樸的語言。

最後還有「復歸於無極」。所謂「無極」，乃是

宇宙極境。要把人生境界提升到宇宙高度。不是為一人、一鄉、一族、一國的淺近功利，而是為整體人類的生存、延續、發展。無極，可理解為最高的善，最終的善。康德所講的「合目的性」，也可以說是合「無極」，合天地，合最後的善。作家、詩人的「回歸」，最後應當回到「無極境界」。（編者按：「無極」是中國古代哲學的一個重要概念。不過，據學界考證，《道德經》中「復歸於無極」等前後數句，為後人妄加。但是，作者講述「三個回歸」，超越考證，有自己可以獨立無依的思想內涵，可謂「六經注我」。其排序與世傳本《道德經》「復歸於嬰兒」、「復歸於無極」、「復歸於樸」不同，足證。）

四・作家的「反向意識」

無論是古希臘的《奧德賽》，還是中國的陶淵明，無論是哈代的《還鄉》，還是《道德經》的「復歸於嬰兒」、「復歸於樸」，都是一種反向努力，即不是遵循人生通常的邏輯，往前爭取更大的功名和更大的利益，而是朝後努力，爭取生命的純化、赤子化、質樸化。可惜，具有這種「反向意識」的人，包括詩人作家，都屬「少數」。

缺少反向意識的人們，都不知道，其實「回歸」並非後退，而是一種進步，一種「守持」，一種朝著「永葆青春」的努力。有些大作家，例如偉大詩人歌德，八十多歲還在談戀愛，如果用世俗的眼睛看他，會覺得太荒唐。然而，如果用文學的眼光看他，則會覺得這很正常，因為到了老年，他還在作「回歸青春」的努力。唯有這種反向努力，才能讓他的生命與靈魂永遠保持活力。

文學的終點

一・文學有沒有終點？

文學有沒有終點？關於這個問題，我們可以作出種種不同的回答。就文學整體而言，它肯定沒有終點。什麼時候有人類，什麼時候就會有文學。「說不盡的莎士比亞」，什麼時候可以說盡呢？肯定是永遠說不盡，一千年、一萬年之後，還是說不盡。就文學的性質而言，它也沒有終點。拿文學與宗教比較，宗教的性質是有終點、有彼岸的。每一種大宗教都安排了終點。天堂是終點，地獄也是終點。在基督教的眼裡，十字架是終點，基督最後被釘在十字架上。在佛徒的眼裡，靈山是終點。如來佛祖就坐在靈山裡。多少佛徒一生苦修苦煉，就是為了最終成佛。或為佛，或為羅漢，或為使者，都是終點。但文學沒有彼岸，沒有佛堂，沒有末日審判。高行健的《靈山》，最後還是找不到靈山。所以我說，高行健的靈山在內（在心中）不在外。

但就文學創作主體而言，他又有終點。每個作家與詩人，都是「人」，都會死亡。墳墓是共同的終點。而創作文本，一首詩，一部小說，總會結束。最後那一行，那一段，那一章節，似乎就是終點。《紅樓夢》寫了八十回，原作者去世了，曹雪芹走到了人生的終

點，而小說文本卻未抵達終點。於是讀者感到遺憾，之後，便有了高鶚的續書，給了一個終點。有些讀者不滿意，於是又有新的續書。

二·「文學終點」的迷失

就其文學本性而言，文學並無終點。它本可以區別於宗教，不必給讀者一個「彼岸」的許諾，即不必給讀者一個「終結」的許諾。作家、詩人，既是永遠的流浪漢，也是永遠的尋找者。林黛玉的禪偈說：「無立足境，是方乾淨。」無立足境，包括最後的立足之地，包括終點。然而，從古到今的中國作家，有一個巨大的迷失，就是老是要給予讀者一個滿意的、皆大歡喜的「終點」，於是，在創作中發生了若干種「終點迷失」，使文學流於膚淺。這些普遍性的迷失，大約有下列幾種：

（1）「曲終奏雅」，給一個大團圓的終點，使悲劇淡化或消解。關於這個「終點迷失」，許多思想家都作過批判。

既然文學的終點應當「奏雅」，那麼最好的辦法是給悲劇主人們來個大團圓，所以中國文人普遍熱衷於「團圓主義」。且不說那些不入流的作家，即使是

一些著名的作家作品，也難免俗。例如唐代元稹的《鶯鶯傳》演化出來的幾種戲劇——金人董解元的《絃索西廂》，元王實甫的《西廂記》，關漢卿的《續西廂記》等，這些戲劇全導源於《鶯鶯傳》，但和《鶯鶯傳》原本所敘的故事，又略有不同，這就是，「敘張生和鶯鶯到後來終於團圓了」。元稹的《鶯鶯傳》本來是個悲劇，它敘述貴族少女鶯鶯，克服自己動搖與軟弱，與和她相愛的張生私自結合，但張生始亂終棄，而她受名門望族的地位與封建思想的束縛，無力起來鬥爭，只有絕望的怨恨，最後只好嫁給別人，造成悲劇結局。魯迅對《鶯鶯傳》並不滿意，他說：「這篇傳奇，卻並不怎樣傑出，況且其篇末敘張生之棄絕鶯鶯，又說什麼『……德不足以勝妖，是用忍情』。文過飾非，差不多是一篇辯解文字。」（《中國小說的歷史的變遷》）但即使是這樣，後來的劇作家，還想抹掉其中的怨苦，盡量把血淚收藏乾淨，最後變成皆大歡喜的團圓劇。魯迅對張生與鶯鶯的團圓，作了一段非常深刻的批評：

> 敘張生和鶯鶯到後來終於團圓了。這因為中國人底心理，是很喜歡團圓的，所以必至於如此，大概人生現實底缺陷，中國人也很知道，但不願意說

出來；因為一說出來，就要發生『怎樣補救這缺點』的問題，或者免不了要煩悶，要改良，事情就麻煩了。而中國人不大喜歡麻煩和煩悶，現在倘在小說裡敘了人生底缺陷，便要使讀者感著不快。所以凡是歷史上不團圓的，在小說裡往往給他團圓；沒有報應的，給他報應，互相騙騙。──這實在是關於國民性底問題。(《中國小說的歷史的變遷》)

我在拙著《魯迅美學思想論稿》裡，就此寫了一段評述：

魯迅在分析《紅樓夢》的成功之處時，一再強調它擺脫團圓主義的窠臼。他說：「全書所寫，雖不外悲喜之情，聚散之跡，而人物故事，則擺脫舊套，與在先之人情小說甚不同。……蓋敘述皆存本真，聞見悉所親歷，正因寫實，轉成新鮮」。(《中國小說史略》) 又說：「在我的眼下的寶玉，卻看見他看見許多死亡；證成多所愛者，當大苦惱，因為世上，不幸人多。惟憎人者，幸災樂禍，於一生中，得小歡喜，少有罣礙。然而憎人卻不過是愛人者的敗亡的逃路，與寶玉之終於出家，同一小器。但在作《紅樓夢》時的思想，大約也止能如此；即

使出於續作，想來未必與作者本意大相懸殊。惟被了大紅猩猩氈斗篷來拜他的父親，卻令人覺得詫異。」（《集外集拾遺·〈絳洞花主〉小引》）在曹雪芹的原作中，寶玉看見許多「死亡」，自己陷入「大苦惱」之中，悲劇氣氛是很濃烈的，在續作中寫賈寶玉「出家」的結局，雖然消極敗亡，但仍不失悲劇本色，所以魯迅說「想來未必與作者本意大相懸殊」。至於寫賈寶玉出家後又回拜父親，卻表現出高鶚的庸俗的禮教思想，又落入團圓的俗套。至於爾後的其他續作，則以大團圓為其特徵，陷入瞞與騙的沼澤，把悲劇的特色全部埋葬，與《紅樓夢》相比，完全是另一種質的缺乏社會價值與美學價值的低級藝術。所以魯迅說：「此他續作，紛紜尚多，如《後紅樓夢》，《紅樓後夢》，《續紅樓夢》，《紅樓復夢》，《紅樓夢補》，《紅樓補夢》，《紅樓重夢》，《紅樓再夢》，《紅樓幻夢》，《紅樓圓夢》，《增補紅樓》，《鬼紅樓》，《紅樓夢影》等。大率承高鶚續書而更補其缺陷，結以『團圓』」。（《中國小說史略》）這一意思，魯迅在《小說史大略》中也說過，他說《紅樓夢》續書「歌詠評騭以及演為傳奇，編為散套之書亦甚眾。讀者所談故事，大抵終於美滿，照以原書開篇，正皆曹雪芹所唾棄者也」。魯迅指

出，這些續書，其實不是文藝，而是騙局，與《紅樓夢》原作相比，真是霄壤之別。魯迅說得毫不留情：「……後來或續或改，非借屍還魂，即冥中另配，必令『生旦當場團圓』，才肯放手者，乃是自欺欺人的癮太大，所以看了小小騙局，還不甘心，定須閉眼胡說一通而後快。赫克爾說過：人和人之差，有時比類人猿和原人之差還遠。我們將《紅樓夢》的續作和原作者一比較，就會承認這話大概是確實的。」（《墳·論睜了眼看》）

另一個「終點迷失」，則發生在新文學中，尤其是二十世紀下半葉的文學。這段文學的終點，不是「曲終奏雅」，而是「曲終奏凱」，即書寫革命，而革命的結局一定是革命隊伍「大凱旋」、「大勝利」。無論是《紅日》還是《紅旗譜》，也無論是《紅巖》還是《青春之歌》，全是以「凱旋」為終點。到了「文化大革命」時期，整個中國只剩下八個樣板戲和兩部小說——《金光大道》與《李自成》。形式雖不同，但考察其「終點」，卻會發現千部一律，即「曲終奏凱」，結局都是揪出「害人蟲」階級敵人，矛盾解決，皆大歡喜。

三・心靈「無終點」

在「文學的盲點」講座中，我提到八十年代，中國文學界引入蘇聯文學理論家巴赫金的「複調」小說論。巴赫金發現陀思妥耶夫斯基實現了一種文學轉折，即直接面對的不是主人公的客體現實，而是主人公的自我意識（即主人公有獨立性，它不再是作家的傳聲筒）。這種自我意識成為主人公藝術上的主導因素。這樣，作家的目光就發生一種轉向，即不再是把目光投向主人公的「現實」，而是投向他的自我意識。而主人公的這種自我意識是永遠不可能完成的，永遠看不到結果的，也就是說，不可能作家叫「停」，筆下的主人公就「停」。自我按照自己的思想邏輯不停地往前走，沒有「終點」。巴赫金把陀氏與拉辛作了比較：

拉辛的主人公，整個是穩固堅實的存在，就像一座優美的雕塑。陀思妥耶夫斯基的主人公，整個是自我意識。拉辛的主人公是固定而完整的實體，而陀思妥耶夫斯基的主人公是永無完結的功能。拉辛的主人公一如其人，陀思妥耶夫斯基的主人公沒有一時一刻與自己一致。

如果說，拉辛是西方古典文學時代的代表，那麼，陀思妥耶夫斯基則是西方現代文學時代的先鋒。而現代文學的特徵恰恰是從客體主人公轉向主體（自我意識）主人公。而新主人公意識是永遠向前流動，它沒有「終點」。這樣，有無「終點」便成了古典文學與現代文學的第一道分水嶺 。

　　我在《論文學的主體性》那篇文章中，把主體劃分為創造主體（作家）和對象主體（主人公）及接受主體（讀者）。「對象主體」概念是我發明的，但思想卻來自巴赫金。作家筆下的人物（主人公），本不是「主體」，然而，經過巴赫金的解說，主人公在思想觀念上可以自成權威，可以卓然獨立，他可以不再是作家藝術視覺中的客體，而是具有自己言論的充實完整、當之無愧的主體。巴赫金的劃時代的發現，使得我的「文學主體性」從作者擴展到作品主人公。

　　巴赫金還如此說：

　　　　只要人活著，他生活的意義就在於他還沒有完成，還沒有說出自己最終的見解。……「地下室人」懷著極大的痛苦傾聽著別人對他的實有的和可能的種種議論，極力想猜出和預測到他人對自己的各種可能的評語。

巴赫金還說：

　　人任何時候也不會與自身重合。對他不能採用恆等式：Ａ等於Ａ。陀思妥耶夫斯基的藝術思想告訴我們，個性的真諦，似乎出現在人與其自身這種不重相合的地方，出現在他作為物質存在之外的地方。

最為精彩的是巴赫金如此揭示陀氏：

　　陀思妥耶夫斯基對當時的心理學持否定態度，包括學術和文藝中以及審訊工作中的心理研究。他認為心理學把人的心靈物化，從而貶低了人，從而完全無視心靈的自由，心靈的不可完成性，以及那種特殊的不確定性——即成為陀思妥耶夫斯基主要描寫對象的無結局性：因為他描寫人，一向是寫人處於最後結局的門坎上，寫人處於心靈危機的時刻和不能完結也不可意料的心靈變故的時刻。

　　巴赫金的這些論述，不僅是對陀氏的精闢分析，而且是關於人、關於心靈的經典性見解。他認為，人的心靈永遠處於不確定之中，也永遠處於充滿變故的

未完成中。我一再說，文學是心靈的事業。因此，了解心靈的這種沒有終點的特性便格外重要。

四・「內宇宙」沒有邊界

我在《論文學的主體性》中，把宇宙劃分為外宇宙與內宇宙。所謂內宇宙，就是人的心靈。陸九淵說：「宇宙便是吾心，吾心即是宇宙。」心靈這個內宇宙與外宇宙一樣，沒有邊界，沒有終點。人類所知道的「外宇宙」，是距離地球十幾億光年的那個神秘點，但那些點並不是大宇宙的終點。外宇宙有多大，誰也說不清。而內宇宙有多大，也沒人能說清。人的心理活動具有無邊性、神秘性等特點。它隨時都在變動，沒有結局，沒有結論。心靈性乃是人性的基本部分。說心靈沒有邊際，就是說人性沒有邊際，文學的基點沒有邊際。因此，確認心靈沒有終點，也就是確認文學沒有終點。了解這一點，才能明白文學永無止境，也才能明白，文學不可追求結論，演繹結論。中國現當代文學中，那種追求政治正確、轉達意識形態的作品，都是對心靈的認知缺少深度的結果。

無論哪個權威人物，哪個領袖人物，他們對世界、對人生、對心靈的看法，都不可能成為結論，即

不可能成為文學的出發點與「終點」。

我們的課程《文學慧悟十八點》，今天就結束了。這十八點，連同前兩年所講的《文學常識二十二講》一共是四十講。這四十堂課，都是在講述「什麼是文學」，也就是我對文學的認知。那麼，這種認知是不是已抵達「終點」呢？可以肯定，這四十課絕對不是終點。對於文學，我只能「認識再認識」，沒有什麼「正、反、合」，也沒有什麼「已確定」和「已完成」，我還會繼續思索下去，繼續講述下去，只是不一定是課堂的形式。

整理者後記

　　世人務實，而從事文學、藝術事業偏偏須「務虛」。在現今這媚俗時代裡 —— 請容我這樣直說 —— 想要保有赤子之心，忠於對文學的拳拳之愛，實在是「向俗易行向道艱」。所以，如尼采所說「克服時代」，踐行之路多阻且漫長。不過，幸運的是，每個時代都有癡心而明哲之人，雖數量寥寥，卻擔負起為人間築造精神理想國的責任。在這個意義層面上，再復先生便是此種「清醒的癡人」，他的文學課，正是燭照心靈、啟悟學子們克服時代、走出幽暗的一道光束。

　　這份課堂講稿的緣起，可追溯到去年九月。彼時，再復先生再次回到香港科大人文學院開課講學，以「文學慧悟十八點」為題，接續兩年多前的「文學常識二十二講」。如此四十次講述，是為了對「文學是什麼」這一樸素又深奧的命題，給出先生自己的領悟與答

覆。整整一個學期，每週二的清晨，先生早早來到教室，脫下外套，笑盈盈地落座，然後便對著來自科技大學文、理、工等專業的幾十個大學生，以及若干遠道而來、熱衷文學的旁聽者，徐徐講起他的文學慧悟——雖說是課程，講者卻絕無「教師腔」，先生說他願做《紅樓夢》裡的「神瑛侍者」，期待年輕的學子，因他的講解而多一份對文學的體悟與珍重，甚至有朝一日能成為筆下生花的「小菩薩」。而我，因與先生的長女劉劍梅師的一段師生緣，何其有幸，從兩年前課堂上的旁聽一員，被「任命」為先生的助教與講課的記錄者，見證全程並為之感慨：這一場綿延三載的「文學跋涉」，真是如「黃金時代」般值得永久珍惜和回憶的時光。那些課上的瞬間，先生緩緩地說，在座眾人凝神地聽，這真是忙碌人生裡，最奢侈的幸福——先生首堂課便曾慨乎言之：「我的人生之所以感到幸福，是因為文學一直陪伴著我。」

既是「文學慧悟」，自然與學術研究有所不同，先生的講解有理有情，心思清明如水。言語的簡潔，觀點的鮮明，源自內心的澄明、真誠、篤定：因心內存滿對古往今來文學作品的感悟、見解、愛，所以講起來斬釘截鐵、明心見性；而擇取文學十數個重要的「點」，再以「點」帶出文學問題與作品賞鑑，先生不僅「點撥」、

「點透」文學的綱領性要素，也透露了他的一部個人文學史和美學史——在這完整的十八講書頁間，充滿他的見識、性情，讀者可以讀到作者這個人。

《紅樓夢》、《西遊記》這兩部中國古典名著，幾乎是先生的文學「聖經」，但《水滸傳》、《三國演義》則被他視為「精神內涵」上的失敗之作；而屈原、李白、蘇軾、莎士比亞、雨果、巴爾札克、歌德、托爾斯泰、陀思妥耶夫斯基、卡夫卡、高行健、莫言等一長串閃耀於文學星空的名字，先生隨時都會提及或徵引其作品。他在意的不僅是文學裡的豐富、真實和永恆的人性，更是作品背後是否輝映出一個大慈悲的心靈，一個偉大的人格。我想，先生的意思或許是，學習寫作，先要擺正態度，作者內在主體的境界，決定了作品精神的境界。

許多次課上，先生頻頻提及李卓吾的「焚書」、「藏書」精神，告誡每一顆年輕的心，文學乃是一生的事業，要贏得自由，必須超越任何功利之思。在清晨與黃昏的紙頁間，出版發表、市場銷量、世俗聲名、時代潮流的焦慮與惶惑皆遠去，只留下寫作者對文學的一片誠心，一片愛，那是何其莊重，與莊嚴……

蒙田有一句話：

我時時刻刻把持住我的舵。

清醒，透徹。人生難得的是時刻把持住自己，獨立於時代潮流之外，不隨波逐流，不辜負文學藝術的教養。

三年過去，時間彷彿在狂奔，四十講文學課結束了，一場盛事落幕。但文學的影響，生生不息。我相信，這一本至誠之作面世，將影響更多的人，激勵他們守持人性的光輝，堅信唯有文學陪伴的人生最具鳶飛魚躍般的活潑生機，並嚮往那個彷彿只有水波和飛鳥的自由、美麗的理想國。我也相信，各位正直的讀者，一定能夠借助講者的智慧，讓自己也成為不受時代潮流和風氣蒙蔽的自由生命。

喬敏

於香港清水灣

二〇一七年四月